Reinhard Schmoeckel

**Der Rübenmord**

Reinhard Schmoeckel

# Der „Rüben-Mord"

## Ein Kriminalroman aus dem Jahr 1799

Die Deutsche Bibliothek verzeichnet diese Publikation in der Deutschen Nationalbibliographie ; detaillierte bibliographische Angaben sind im Internet über http://dnb.ddb.de abrufbar.

© Copyright: Reinhard Schmoeckel, Bonn 2016

Graphik: Andrea Egler; www.das-auge-denkt.com, Düsseldorf

Alle Rechte der Verbreitung durch Film, Funk, Fernsehen, Übernahme auf Ton- oder Bildträger, auszugsweiser Abdruck oder Einspeicherung und Rückgewinnung in Datenverarbeitungsanlagen aller Art nur mit ausdrücklicher Genehmigung des Herausgebers.

Printed in Germany, Herstellung und Verlag BoD – Books on Demands, Norderstedt.
ISBN: 9 783741 263965
Zu beziehen über jede Buchhandlung

# Vorwort

Für einen populärwissenschaftlichen Schriftsteller, der schon mehrere historische „Sachromane" über Vorgänge in Deutschland zwischen dem 16. und 19. Jahrhundert verfasst hat, erhob sich irgendwann die Frage, ob sich in dieser Zeit nicht auch „Kriminalgeschichten" ereignet haben könnten.

Ganz sicher, denn die Motive – etwa für einen Mord, genannt seien nur Gier, Eifersucht, Hass – waren damals gewiss nicht weniger vorhanden als heutzutage. Der entscheidende Unterschied lag in der Möglichkeit der Aufklärung solcher Taten und damit des „In-Erscheinung-Tretens" des Kriminalfalles.

Ein Diebstahl oder ein Mord in einem Dorf unter Bauern – damals fast 90 Prozent der Bevölkerung in Deutschland ! – konnte möglicherweise durch Verwandte oder den Gutsherren ganz schnell aufgeklärt werden, ohne die Arbeit von Organen der Staatsmacht, genannt „Polizei", denn die gab es damals einfach noch nicht – oder höchstens in „Großstädten". Der ertappte oder überführte Täter wurde dann sehr schnell seiner Strafe zugeführt, dem Gefängnis oder dem Galgen.

Eine Justiz existierte damals in Deutschland durchaus schon; ein königliches oder herzogliches Gericht mit studierten Juristen urteilte dann auf Grund der von einem Ankläger vorgetragenen Fakten und eventuell einem Geständnis des Täters. Alle nicht ganz schnell aufgeklärten Verbrechen aber waren nach wenigen Wochen vergessen, wenigstens außerhalb der Familie des Bestohlenen oder Ermordeten. Schriftliche Akten dazu wurden nie geführt.

Etwas anders konnte es vielleicht zugehen in den wenigen größeren Städten in Deutschland und hier in Kreisen des gehobenen Bürgertums oder des Adels. Nur dort gab es gebildete und schriftkundige Menschen, die bestimmte Vorgänge auch einmal schriftlich festhalten konnten und die auch in ihrer Lebensführung unabhängig waren und Zeit hatten, einem unaufgeklärten Verbrechen persönlich nachzuspüren. Einen Berufsstand der „Polizei", erst recht eine „Kriminalpolizei" mit gezielt ausgebildeten Beamten, kannte man damals noch nicht, natürlich erst recht nicht die zahlreichen technischen Möglichkeiten von heute zur Identifizierung eines Täters wie ein Fingerabdruck oder seine DNA.

In diese Zeit v o r der „berufsmäßigen Polizei" führt der Kriminalroman, den der Leser in der Hand hält.

Abgesehen vom eigentlichen Verbrechen, dem Mord auf der Plattenburg, der dann später zum „Rüben-Mord" wurde, stimmt aber so ziemlich alles, was in diesem Buch beschrieben ist, von der Landschaft über die Menschen verschiedener Stände bis zu den Lebensumständen im ländlichen Preußen im ausgehenden 18. Jahrhundert. Selbst die Verknüpfung mit der „Erfindung" der Zucker-Herstellung passt genau zur Zeit und Gegend.

Der Autor hatte den Vorzug, bereits kurz vor der „Wende" im Jahr 1989 und auch noch später persönlich die Plattenburg kennenlernen zu können und auch einige heutige sehr sympathische Vertreter des alten brandenburgischen Adelsgeschlechts der von Saldern.

Im Kriminalroman sind sowohl Opfer wie Täter Angehörige dieser Familie, aber auch der „Held", der „Detektiv".

Genau in der gleichen Zeit, in der der Roman spielt, nämlich um das Jahr 1799, experimentierte ein naturwissenschaftlich gebildeter Preuße, der Hugenotte François Charles Achard, in der Nähe von Berlin mit speziell gezüchteten Runkelrüben und der Extraktion von Zucker aus der Ackerfrucht. Nur seine Erfindungen haben den Weg in die Geschichte gefunden, allerdings erst einige Jahre später.

Aber vielleicht haben auch die Experimente gewisser Herren von Saldern im Ruppiner Ländchen etwas damit zu tun gehabt?

Bonn, Herbst 2016        Reinhard Schmoeckel

# I.

## 1.

Gleich am Morgen nach dem großen Fest begannen die ersten Gäste wieder abzureisen. Der 50. Geburtstag des hochwohlgeborenen Georg Wilhelm von Saldern, Majoratsherr auf der Plattenburg, am 20. September des Jahres 1799 war ein denkwürdiges Ereignis gewesen.

Die vielen Gäste aus dem brandenburgischen Adel, vor allem aber aus den inzwischen zahlreichen Zweigen derer von Saldern, waren gekommen, um das Ehrenfest des Jubilars mit ihm zu feiern. Nicht nur sein Ansehen im Kreis der Standesgenossen hatte diese veranlasst, sehr zahlreich der Einladung Folge zu leisten, sondern auch, weil man wusste, dass die Küche auf der Plattenburg immer etwas Besonderes zu bieten hatte.

Die Plattenburg war viel mehr als ein altes Gutshaus in der Prignitz. Sie war eigentlich ein Überbleibsel aus dem dunklen Mittelalter. Ursprünglich war sie schon vor sechshundert Jahren erbaut worden, gleich als die ersten deutschen Ritter und Bauern in das Gebiet der Wenden östlich der Elbe strömten, um sich dort Land und Güter und billige Untertanen zu sichern.

Völlig abweichend von der hier in der Prignitz und auch sonst in der Kurmark Brandenburg üblichen Anlage von Gutshöfen war die Plattenburg von vornherein als Wasserburg erbaut worden, auf einer künstlichen Insel in einem künstlichen See, der besseren Verteidigung gegen die damals immer noch gefährlichen Wenden wegen.

Starke Steinmauern und ein darauf gesetztes festes Gebäude mit mehreren Stockwerken, sowie Scheunen und Ställe auf der von einem Wassergraben umgebenen Insel hatten die Plattenburg zu einem einst sehr sicheren Adelssitz gemacht.

So war die Burg auch bald im den Besitz der Bischöfe von Havelberg gekommen und von diesen mehrere Jahrhunderte als Landsitz benutzt worden. Jenseits des Wassergrabens, der Graefte, lagen die kleinen Häuser des Dorfes, in denen die erbuntertänigen Bauern der Herren der Plattenburg lebten.

Doch dann kam die Zeit, da das Kurfürstentum Brandenburg die verderbte Religion Roms ablegte und sich zum Glauben an das wahre Evangelium Jesu Christi bekannte, den der selige Herr Martin Luther einst verkündet hatte.

Damals war auch die Plattenburg als Zubehör des frei gewordenen Bischofssitzes in Havelberg in die Hände des Kurfürsten von Brandenburg gekommen. Und der, Joachim II., hatte dieses wertvolle Gut an den Herrn Matthias von Saldern zu Lehen gegeben. Denn der hatte damals dem Kurfürsten, als der noch jung war, viel mit geliehenem Geld unter die Arme gegriffen.

Seitdem waren die Plattenburg und vor allem das benachbarte Städtchen Wilsnack in der Hand der alten Adelsfamilie derer von Saldern geblieben, die eigentlich aus dem Braunschweigischen stammten. Leider war in Wilsnack seit der Reformation der

Geldsegen versiegt, der einst von den vielen Pilgern mitgebracht worden war. Früher, in papistischen Zeiten, waren sie zur Verehrung eines angeblichen Wunderbluts in Scharen aus ganz Europa zur Kirche in Wilsnack gepilgert. Doch das hatte nun längst aufgehört, zur Freude der evangelisch-lutherischen Geistlichen und zum heimlichen Leidwesen der von Salderns und der zahlreichen Wirte und Kaufleute in Wilsnack, die einst in papistischen Zeiten an den Pilgern gut verdient hatten.

In den vergangenen zweihundertfünfzig Jahren hatte sich die Familie von Saldern in etliche Zweige aufgeteilt, die in verschiedenen Teilen der Kurmark und der Altmark eigene Güter erworben hatten. Sie alle betrachteten aber den Majoratsherrn auf der Plattenburg als den Senior ihres Geschlechtes, weil der am direktesten vom Gründer des brandenburgischen Astes abstammte.

Ein gewisser Burchard von Saldern hatte die Plattenburg um 1600 im Stil der Spätrenaissance umgestalten lassen, von dem damals noch vorhandenen Reichtum in der Familie. Davon zeugte ein prächtiger Rittersaal mit einem kunstvoll geschmückten Kamin mit den Wappen all der Adelsfamilien, mit denen die Salderns inzwischen näher oder ferner verschwägert waren.

Seitdem allerdings waren den Herren von Saldern keine größeren Investitionen in diesen Wohnsitz mehr möglich gewesen. Man sah es nicht nur an dem veralteten Baustil, sondern auch an manchen Rissen im Gemäuer, aus denen Unkraut hervor wuchs.

Der Vater des Gutsherrn war ein General unter Friedrich dem Großen gewesen, Friedrich Christoph von Saldern, das wohl berühmteste Glied der Familie in jüngerer Zeit. Aber der hatte nie die Zeit und das Geld dafür gehabt, sein Heimatgut zu renovieren.

Georg Wilhelm, sein Sohn, hätte wohl die Zeit und vielleicht sogar die Lust zu Bauarbeiten auf der Plattenburg gehabt, denn im Gegensatz zu seinem Vater prägte ihn eine stille Abneigung gegen den Militärberuf. Aber ihm fehlte das Geld zu größeren Bauarbeiten. Umso mehr hatte er Wert auf eine großzügige Bewirtung der Gäste bei seiner Geburtstagfeier gelegt, in der richtigen Überlegung, dass ein solche Nachweis von offensichtlichem Wohlstand seinem Renommé [1] bei den Standesgenossen und seinem Kredit bei den Bankiers am besten nützen könnte.

Georg Wilhelm hatte sich betont als Zivilist von Stand gekleidet, als er nun am Morgen nach dem Geburtstagsfest am Burgtor stand, um seine abreisenden Gäste zu verabschieden. Mit seinem zivilen Frack in sattem Braun, das gut zu den weißen Stümpfen und der beigen Kniehose passte, unterschied er sich bewusst von seinem längst verstorbenen Vater, den man nur in preußischer Offiziersuniform gesehen hatte. Nur der kleine Kavaliersdegen [2], der an einem

---

[1] Ansehen.

[2] Relativ kleiner Säbel, wurde von Adligen, Offizieren wie Zivilisten, bis ans Ende des 18. Jahrhunderts als Zubehör zurStraßen- oder Ausgehtracht getragen, Sie dienten kaum dem Kapmpf, sondern warsen praktische nur jnoch ein Ausweis, dass der Träger dem einstigen Ritterstand angehrte.

Schulterband neben seinem linken Bein hing, zeugte davon, dass er kein reicher Bürger war, sondern dem Adelsstand angehörte.

Neben ihm stand seine Frau Roswitha. Sie war eine etwas unscheinbare Frau, nicht mehr ganz schlank, deren Garderobe auch nicht der neuesten Mode in der Hauptstadt Berlin entsprochen hätte. Allerdings hier, weitab vom Glanz der Residenz, nahm man das auch nicht so genau. Frau von Saldern entstammte der Familie von Bredow, die ebenso wie die Salderns in ganz Brandenburg ihre Äste verteilt hatte.

Als treusorgende Hausfrau ging Roswitha von Saldern ganz in den Pflichten einer traditionellen Gutsherrin auf und kommandierte die Knechte und Mägde und Köche auf der Plattenburg tüchtig. Aber über den Rand der Gräfte [3] der Plattenburg ging ihr Interesse nicht hinaus.

Immer wieder musste Herr Georg Wilhelm den neumodischen Zylinder ziehen, der in vielen Kreisen selbst im Königreich Preußen immer mehr den veralteten und an das Militär erinnernden Dreispitz [4] abzulösen begann. Mit freundlichem Lächeln reichte er den Paaren in ihren Pferdekutschen oder den Reitern, die einzeln gekommen waren, die Hand. In steter Folge verließen sie das Gut, um hinter der Brücke über den Wassergraben den Fahrweg zu erreichen, der nach Norden durch dichten Forst nach einer Drittelmeile [5] die Landstraße nach Perleberg oder Kyritz zu erreichen,

---

[3] Niederdeutsch: Burggraben mit Wasser.
[4] Hut mit von drei Seiten aufgeschlagener Krempe, daher „Dreispitz"
[5] etwa 2,5 Kilometer

die praktisch einzige Verbindung der Plattenburg mit der übrigen Welt.

„Ich hoffe, Sie hatten einen schönen Tag hier auf der Plattenburg, verehrter Herr Vetter und sehr verehrte Frau Base ! Ihr Teilnahme an meinem Fest hat ihm erst das Flair gegeben, das ich mir für dieses Fest erhofft hatte. Meine Frau und ich wünschen Ihnen eine gute Reise!"

Diesen höflichen Standard-Satz hatte der Jubilar nun schon mehr als ein dutzend Mal von sich gegeben und seinen Zylinder geschwenkt, und seine Frau Roswitha hatte jeweils die Andeutung eines Knickses vollzogen.

Gut anderthalb Stunden dauerte diese freundliche, wenn auch auf die Dauer etwas eintönige Zeremonie schon, nur unterbrochen durch die Pausen, bis die Pferdeknechte und Stallburschen der Plattenburg wieder einen Kutschwagen aus der Remise [6] gezerrt und die richtigen Pferde aus dem großen Stall geholt und davor eingespannt hatten.

2

Doch plötzlich erlitt die Folge der durch das Tor rollenden Kutschen eine Unterbrechung. Mit kreidebleichem Gesicht stürzte der Hausdiener Hannes auf den Gutsherren zu und flüsterte ihm aufgeregt etwas ins Ohr. Ungläubig schaute sich Georg Wilhelm

---

[6] Abstellplatz für Wagen

von Saldern um, als könne er hier in der Toreinfahrt seiner Burg die Aufklärung eines Rätsels erfahren.

Doch dann stülpte er entschlossen seinen Zylinder auf den Kopf, den er bisher mit der linken Hand geschwenkt hatte, dirigierte seine Frau in Richtung auf das Innere des Burghofes und sagte in sehr entschiedenem Ton: „Du gehst jetzt am besten in den Salon, ehe du ohnmächtig wirst. Der Hannes hat mir gerade etwas von einem Mord berichtet."

Unter Führung des alten Hausdieners strebte er dann schnellen Schritts zu einem Nebenbau der Burg auf dem Innenhof und kletterte die schmale Treppe in den ersten Stock empor.

Einst waren die kleinen Stuben des Nebengebäudes wohl als die Unterkünfte für die Leibwache des Burgherren gedacht gewesen. Jetzt jedoch, in friedlicheren Zeiten, dienten sie normalerweise als Aufbewahrungsorte für Äpfel, Kartoffeln und andere Erzeugnisse des Gutes. Seit ein paar Tagen allerdings waren die vielen Kammern leer geräumt, gefegt und geputzt und mit einigen Schütten frischen Strohs in provisorische Gaststuben verwandelt worden. Diese recht rustikale Unterbringung hatten die vielen Gäste der Geburtstagsfeier unbedingt einer schmutzigen und von Ungeziefer verseuchten Kammer in einem ländlichen Wirtshaus vorgezogen – ganz abgesehen davon, dass es solche Unterkünfte im Umkreis von einigen Meilen [7] rund um die Plattenburg überhaupt nicht gab.

---

[7] 1 preußische Meile = etwa 7,5 Kilometer

Die meisten Kammern waren schon leer, weil ihre Bewohner inzwischen bereits abgereist waren. An ihren offenen Türen konnte man das deutlich sehen. Vor einer Tür stand allerdings ein kleines Grüppchen von Mägden und Knechten der Burg, die leise, aber eifrig miteinander schwatzten und gelegentlich durch die Tür ins Innere der Kammer lugten. Bei ihnen stand der Leibdiener des Gutsherren, der alte Wilhelm Kattke, der zugleich wie in einem hochadligen Schloss die Rolle eines Haushofmeisters spielte. Er wedelte mit einigen Papierblättern um sich, in die er immer wieder blickte.

„Hier ist es, gnädiger Herr", zeigte der Diener Hannes aufgeregt durch die offen stehende Tür. Drinnen lag ein nur halb bekleideter Mann auf einer Strohschütte, mit einem deutlich sichtbaren Schnitt durch die Kehle, offenbar schon seit Stunden tot. Viel Blut war über seinen Körper und auf das Stroh geflossen.

Georg Wilhelm von Saldern musste vor Schaudern aufgeregt schlucken, aber dann fragte er doch mit befehlsgewohnter Stimme: „Wer ist dieser Mann ?" Er hatte ihm wohl einmal kurz die Hand gedrückt, aber er konnte sich beim besten Willen nicht daran erinnern, welcher Name ihm davon vom unverzichtbaren Haushofmeister Kattke genannt worden war. Er hatte diesen Gast sonst noch nie bei sich gesehen gehabt.

Mit ernstem Gesicht schlug Wilhelm Kattke in den Papieren nach, die er in der Hand hielt. „Es muss sich um Herrn Karl Albrecht von Saldern auf Gut Lichtenberg handeln," las er vor, „er kam vorgestern mit einer Kutsche hier an, hat hier in der Kammer Numero 15 übernachtet und ist noch nicht abgereist."

Das alles hatte der Diener sorgfältig in den Papieren vermerkt, sich ganz der hohen Verantwortung bewusst, die ihm zukam, als ältestem Bediensteten des Gutes Plattenburg und als einem der wenigen, die flüssig lesen und schreiben konnten.

„Dass er noch nicht abgereist ist, das sieht man, Willem", meinte der Gutsherr etwas sarkastisch. „Aber wer kann ihn ermordet haben, und warum? Mir kommt ein Verdacht, und der schmeckt mir gar nicht!"

Einen Augenblick überlegte der Gutsherr, was wohl als Nächstes getan werden musste. Dann gab er in entschiedener Art die Weisung weiter: „Ruft den Büttel [8], den Bartel Platzeck, aus dem Dorf. Und er soll gleich den Bauern Jörg Möller mitbringen. Ach ja, und den Tintenkleckser, den Weber, den brauche ich hier auch noch!"

3

Gut eine Viertelstunde würde es dauern, bis der Bote ins Dorf gelaufen und den dort wohnenden Büttel und den Bauern Möller in die Burg geholt haben würde. Der Gutsherr wollte nicht die ganze Zeit in der

---

[8] Büttel: so etwas wie der Vorgänger der einfachen Polizisten: Aufpasser, Nachtwächter, Feuerwehrmann und Befehlsempfänger eines Dorf-Bürgermeisters oder Gutsherrn

blutbesudelten Kammer mit der Leiche stehen, daher ging er in eine benachbarte, nun leere Kammer, setzte sich dort auf eine Strohschütte und gab den Mägden auf dem Flur die Anweisung: „Schert euch an eure Arbeit, ihr Schnattergänse, und schickt den Platzeck und den Möller her, wenn sie hier sind!"

Als erster der herbeigerufenen Bediensteten erschien jedoch ein älteres dünnes Männchen mit grauen Haaren, die in einem altmodischen Zopf geflochten waren. Es war der Schreiber des Gutshofes, Heinrich August Weber, der eine Kammer in einem anderen Nebengebäude der Burg bewohnte. Da er in seiner Jugend zwei Semester an der brandenburgischen Landesuniversität in Frankfurt an der Oder die Rechte studiert hatte, konnte der Gutsherr der Plattenburg ihn nicht nur als Schreiber, sondern auch noch als „Hausjuristen" verwenden, in den Fällen, in denen er seine Patrimonialgerichtsbarkeit ausüben musste.

Denn nach uraltem Recht stand in ganz Preußen, ja im ganzen Reich, jedem adligen Grundherren die Gerichtsbarkeit über seine erbuntertänigen Bauern und die sonstigen Bediensteten seines Gutes zu. Das mochten Streitigkeiten zwischen Bauern sein, etwa wem das Kalb einer von einem fremden Stier gedeckten Kuh zustände, aber auch Diebstähle und andere Kriminaltaten. Damit es bei dieser Gerichtsbarkeit nach Recht und Gesetz zugehen sollte, hatten größere Adelsgüter einen Juristen angestellt, der allfällige Prozesse zu leiten hatte.

Mit seinem Schreiber und Hausjuristen Weber hatte es Georg Wilhelm von Saldern leicht, denn der war kein sehr starker Charakter. Jede Weisung seines

Gutsherrn betrachtete er wie einen Befehl Gottes und passte seine juristischen Gutachten, die er ab und zu erstellen musste, sehr geschickt dem offen geäußerten oder auch nur still erahnten Willen seines Brotherren an.

Mit kurzen Worten setzte Herr von Saldern seinen Bediensteten ins Bild: „Jemand hat hier diesen Gast umgebracht. Es ist ein Herr Karl Albrecht von Saldern auf Lichtenberg. Wer der Mörder war, weiß man jetzt noch nicht. Aber ich bin fest überzeugt, dass es der Bauer Jörg Möller aus dem Dorf war, der eigentlich mich hatte töten wollen. Er hat mich in einem Streit vor vier Tagen derart unbotmäßig und despektierlich [9] angebrüllt, dass ich schon da glaubte, er wolle mich umbringen. Warte Er [10] nur ab, Weber, bis dieser Delinquent [11] hier erscheint. Der Büttel Platzeck wird ihn gleich hierher bringen. Dann wird er schon gestehen!"

Entsetzt schlug der schmächtige Schreiber seine Hände vor den Mund: „Ein Mord auf der Plattenburg, gnädiger Herr ! Das hat es ja noch nie gegeben !"

Da erschien auch schon der Büttel Bartel Platzeck, schwer keuchend vom schnellen Laufen und dem Besteigen der Treppe. Der Mann schien bestens geeignet für seinen Beruf. Sein vierschrötiger Körper und sein verbissenes Gesicht deuteten an, dass er

---

[9] unhöflich
[10] Die Anrede „Er" (oder „ Sie" bei Frauen) war im 18. Jahrhundert von Adligen oder höher gestellten Personen gegen Angehörige niederer Stände üblich; von Adligen zu ihren Bauern galt das „Du"
[11] Straftäter, Angeschuldigter

gerade der richtige Mann zur Ausführung gewisser Befehle des Gutsherren war, die ja nicht immer zur Freude der davon Betroffenen dienten.

Fest am Arm hielt er den Bauern, den er laut der Weisung des Herrn von Saldern festgenommen hatte; so jedenfalls hatte Platzeck den ihm übermittelten Auftrag aufgefasst.

Der Bauer Jörg Möller war mit dem Gutsherrn fast gleichaltrig, also schon ein Man im Eintritt in das Greisenalter, aber kräftig und rüstig mit blondem Haar unter der Bauernkappe. Mit innerer Abwehr, aber ohne ein Zeichen der Furcht blickte er seinem Erbherren gerade ins Auge.

Von der Tür der Kammer mit der Leiche aus deutete der Gutsherr hinein und herrschte den Bauern an: „Schau dir das nur an, Jörg Möller, was du angerichtet hast ! Diesen unschuldigen Mann hast du umgebracht und wolltest doch mir ans Leben! Gib es sofort zu, du Verbrecher !"

„Gnädiger Herr," stieß der Bauer hervor, „bei meiner Seele, diesen Mann kenne ich nicht, und in diesem Teil Ihrer Burg bin ich auch noch nie gewesen. Glaubt mir bitte, gnädiger Herr ! Ich habe den Mann nicht umgebracht !"

„Ach, Unsinn," ereiferte sich der Adlige, „lüge nicht, Bauer ! Du hast dich nur im Raum vertan und diesen Mann hier die Kehle durchgeschnitten, doch töten wolltest du eigentlich mich, deinen eigenen Erbherren ! Vor ein paar Tagen hast du mir das erst angedroht !"

„Gnädiger Herr, das kann nicht sein !" rief vom Flur her eine Frauenstimme. Denn Platzeck und Möller waren nicht alleine gekommen. Die Frau des Bauern war ihnen gefolgt, weil sie bei der Verhaftung ihres Mannes eine böse Vorahnung trieb. „Der Jörg ist die ganze Nacht bei uns zu Haus im unserem Bett gewesen. Ich kann das bezeugen, ich bin doch seine Frau, die Liese!"


4


„Ich bitte tausendmal um Vergebung, gnädiger Herr," mischte sich jetzt schüchtern der Schreiber Weber ein, um seine Rolle als Gerichtsbeamter nicht völlig untergehen zu lassen. „Darf ich ergebenst vorschlagen, gnädiger Herr," wandte er ein, „die Verhandlung unten im Salon fortzusetzen, damit ich ein ordentliches Protokoll der Anschuldigungen und der Antworten des Delinquenten aufnehmen kann." Vor Aufregung, seinem Vorgesetzten zu etwas mahnen zu müssen, standen ihm Schweißtropfen auf der Stirn.

Aber Gutsherr von Saldern war mit dem Vorschlag gerne einverstanden. „Ist ja gut, Weber," meinte er, „ich habe sowieso keine Lust, hier länger herumzustehen. Den Toten haben wir nun alle ausführlich gesehen, und weglaufen wird er uns auch nicht. Aber Er, Bartel, halte den Verbrecher hier gut fest, damit er uns nicht entweicht." Damit wandte sich der empörte Adlige um und stapfte die Treppe hinunter.

In seinem Salon angekommen, setzte er sich als erstes in seinen Lehnstuhl, der wie ein Thronsessel an einer Schmalseite stand, und wies durch einen Wink den Schreiber an seinen Arbeitsplatz. Der bestand aus einem Stehpult am Fenster, ausgestattet mit einem großen Tintenfass und einer Vase, in der mehrere große Gänsefedern steckten [12].

Eifrig nahm Heinrich August Weber eine Gänsefeder aus ihrem Behälter, schnitzte mit einem Federmesserchen etwas an der Spitze herum, schraubte das Tintenfass auf und legte einen Papierbogen zurecht. „Protokoll, aufgenommen auf Gut Plattenburg am 20. September 1799" schrieb er schwungvoll als Überschrift.

Dann richtete er das Wort an seinen Gutsherren. „Darf ich den gnädigen Herren untertänigst bitten, noch einmal zu Protokoll zu geben, weswegen Sie den hier anwesenden Delinquenten Jörg Möller, Bauer auf Gut Plattenburg, beschuldigen."

Georg Wilhelm von Saldern wiederholte seinen Verdacht, langsam zum Mitschreiben, und er fügte auch eine Begründung an. Vier Tage vor dem Geburtstagsfest hatte er den Bauern in die Plattenburg bestellt – „hier in diesen Salon !" - und ihn angewiesen, sein Haus im Dorf mit der Familie Kraushaar zu tauschen. Dieser Bauer hatte fünf Kinder und lebte in einem für eine so große Familie viel zu kleinen Haus, während der Jörg Möller nur einen schon erwachsenen

---

[12] Gänsefedern waren bis weit ins 19. Jahrhundert der Vorläufer der späteren Stahlfedern zum Schreiben, am harten Kiel zugeschnitten zu einer Spitze mit einem kurzen senkrechten Schnitt darin, zur besseren Aufnahme der Tinte.

Sohn hatte und sein Haus erheblich größer war als das des Kraushaar. Als Herr seiner erbuntertänigen Bauern wollte Georg Wilhelm von Saldern hier für mehr Gerechtigkeit sorgen.

Doch der Bauer – „dieser freche Bursche hier!" – hatte seinem Erbherren doch tatsächlich widersprochen. „Das allein empfinde ich schon als ein schweres Verbrechen !" Er habe sich auf das uralte Recht auch der erbuntertänigen Bauern berufen, auf ihrer althergebrachten Scholle und in dem von ungezählten Generationen der gleichen Familie bewohnten und ererbten Haus zu leben. Dieses Recht, so habe der aufsässige Bauer behauptet, sei genau so alt wie das des Erbherren, dem das Land der Bauern gehörte.

Eifrig protokollierte der Schreiber Weber, was der Gutsherr vortrug. Zwischendurch fragte er den angeschuldigten Bauern, ob das stimme, was hier vorgebracht und protokolliert worden sei. Das musste der Bauer zugeben. Auch das wurde sorgfältig aufgeschrieben. „Der Delinquent gesteht die Richtigkeit des Vorbringens ein."

Aus dem erst ruhigen Gespräch zwischen Gutsherrn und Bauern sei bald eine lautstarke Auseinandersetzung geworden, stellte sich heraus, bei der nicht nur der Bauer sich Ausdrücke wie „ungehorsamer Kerl" und „elendiglicher Hundsfott" anhören musste, sondern auch der Bauer seinen Erbherren in erregten Worten so etwas wie „unerhörte Schinderei" und „verstößt doch gegen alle Menschenwürde" zugerufen habe.

„Das klingt ja so aufrührerisch wie das Gerede dieser verdammten Republikaner und Königsmörder in Frankreich!" rief Georg Wilhelm von Saldern erbost dazwischen. Eine Morddrohung ausgestoßen zu haben, bestritt der Bauer aber nachdrücklich.

Und wieder rief seine Frau aus dem Hintergrund in die Verhandlung hinein: „Der war in der letzten Nacht ganz bestimmt nicht hier auf der Burg, er war die ganze Zeit mit mir zusammen im Bett!" Sie hatte sich ungefragt in den Salon gedrängt.

5

Schon bald nach dem Beginn dieser etwas seltsamen Gerichtsverhandlung hatte ein Mann leise den Salon betreten, sich still auf einen Stuhl im Hintergrund gesetzt und aufmerksam zugehört.

Er war noch jung, Anfang der Zwanzig, und trug sich wie ein Landadliger seines Alters: ein hell-beiger Frack über einer gelben Weste und dunkelbraune Kniehosen, an den Füßen Stulpenstiefel, die bis zum Knie reichten. Das blonde Haar, das ungebändigt, aber nicht zu lang das schmale ausdrucksvolle Gesicht umgab, hatte gewiss noch nie Puder gesehen [13].

Christoph Friedrich von Saldern war noch nicht lange wieder auf der väterlichen Plattenburg. Erst vor zwei Monaten war er von einem mehrjährigen

---

[13] Im 18. Jahrhundert war es bei höheren Ständen, auch bei Soldaten, häufig üblich, das Haar weiß zu pudern und in künstliche Locken zu legen

Aufenthalt in der Ferne zurückgekehrt. Erst hatte er vier Jahre auf der Adelsschule in der Domstadt Brandenburg an der Havel verbracht, die einst von einem Saldernschen Vorfahren gegründet worden war und jungen Leuten aus dem brandenburgischen Adel eine ausreichende höhere Bildung vermitteln sollte. Danach hatte er die Universität in Frankfurt an der Oder bezogen und es dort in vier Jahren zu dem angesehenen Titel eines „Referendarius juris utrumque"[14] gebracht.

Von diesen Studienjahren war er nun – von einigen Ferienzeiten abgesehen – endgültig in seine Heimat zurückgekehrt, noch unschlüssig, was er in Zukunft in seinem Leben zu seinem Beruf machen sollte.

Am Abend der Geburtstagfeier seines Vaters hatte er mit einigen adligen Freunden aus seiner Kindheit, die er hier wieder getroffen hatte, lange in einer versteckten Ecke gesessen und von alten Zeiten erzählt, wobei einige Flaschen guten französischen Rotweins in den durstigen Kehlen der jungen Leute verschwunden waren. Daher hatte Christoph von Saldern gehofft, am nächsten Tage ausschlafen zu können, zumal ihm nicht die Pflicht der Verabschiedung der Gäste oblag.

Doch das aufgeregte Laufen der Gutsmägde und ihr unterdrücktes Schwatzen auf dem Gang vor seiner Stube hatten ihn doch früher als gewollt geweckt. Als er sich dann in der Gutsküche noch etwas zum Frühstücken holen wollte, wurde er dort mit allen

---

[14] „Referendarius": „Vortragender", ein alter Universitätsgrad, „ius utrumque": „Beide Rechte" = weltliches und kirchliches Recht

Details (und etwas mehr) der schaurigen Bluttat im Nebengebäude versorgt.

Schnell hatte sich Christoph selbst ein Bild vom Tatort gemacht und war dann als stiller Zuhörer im Salon Zeuge des „Verhörs" des Bauern Möller geworden.

Nach der klaren Aussage von Möllers Frau schien es dem studierten Juristen an der Zeit, in den weiteren Verlauf der Untersuchung einzugreifen. Das musste vorsichtig geschehen, um nicht den Gerichtsherren – immerhin seinen eigenen Vater – und den Gerichtsbeamten Weber von vornherein gegen sich aufzubringen.

So stand der junge Mann von seinem Stuhl auf und sprach mit deutlicher, aber nicht zu lauter Stimme in den Raum hinein: „Gestatten Sie, Herr Vater [15], eine Zwischenfrage: War in der Nacht das Tor am Wassergraben der Burg abgeschlossen?"

Georg Wilhelm von Saldern schwieg erstaunt und blickte sich nach seinem Haushofmeister Kattke um, der vielleicht solche Details wissen konnte. Der, im Hintergrund unter den Zuhörern der Verhandlung stehend, antwortete denn auch prompt: „Nein, gnädiger Herr, da einige der Gäste schon in der Nacht abreisen wollten. Aber es stand ständig eine Wache am Tor, um die Gäste zu verabschieden und um unerwünschte Eindringlinge zu verhindern."

---

[15] Kinder höhergestellter bürgerlicher und Adelskreise „siezten" ihre Eltern bis ins 19. Jahrhundert hinein

Christoph warf sofort ein: „Dann hätte diese Wache ja wohl sofort gemerkt, wenn ein Bauer des Dorfes unbefugt mitten in der Nacht die Plattenburg betreten hätte. Bitte, Weber, nehme Er das doch ins Protokoll!"

## 6

Weil die Gelegenheit so günstig war, fuhr Christoph von Saldern gleich fort: „Mit Ihrer gütigen Erlaubnis, Herr Vater, möchte ich doch fragen, ob man dem schrecklichen Mörder nicht auf andere Weise auf die Spur kommen kann, nachdem dieser Bauer Möller es ja unmöglich sein kann. Ich habe oben in der Kammer, wo der Tote liegt, gesehen, dass es dort eine zweite Strohschütte gibt, die offensichtlich die ganze Nacht lang nicht benutzt wurde. Wer hätte denn da eigentlich schlafen sollen?"

Dem Gerichtsherren, dem alten Saldern, hatte es offenbar die Sprache verschlagen, denn er schwieg weiter. Dafür holte der Haushofmeister Wuttke diensteifrig wieder seine Papiere hervor und rief erstaunt: „Hier sehe ich, dass eigentlich der Herr Leutnant Albrecht Wilhelm von Saldern auf Gut Lichtenberg dort hätte schlafen sollen. Ich habe hier aber keine Notiz, dass er das auch tatsächlich getan hat. So weit ich weiß, ist er der Bruder des Toten, daher sollten die beiden sich auch diese Kammer teilen."

„Halten zu Gnaden, gnädiger Herr", mischte sich ungefragt ein anderer Hausdiener des Gutes ein, der unter den Zuhörern der Vernehmung im Salon gestanden hatte. „Der Herr Leutnant ist heute Nacht mit dem plattenburgischen Jäger, dem Matthes Hermicke, und mit ausdrücklicher Erlaubnis des gnädigen Herrn zur Jagd auf einen Zehnender [16] losgezogen, weil der lahmt und daher endlich geschossen werden sollte. Er scheint noch nicht zurück zu sein."

„Hm, hm," mischte sich jetzt endlich wieder der Gutsherr zu Wort. „Die Lichtenberger Vettern – ich kenne sie kaum, ich weiß nur, dass das eine etwas wunderliche Familie sein soll. Der alte Herr hat sich auf meine Einladung zu meinem Fest entschuldigen lassen, wenn ich mich recht erinnere. Aber seine Söhne sind offenbar gekommen."

Eifrig fiel Heinrich August Weber ein, um endlich wieder die Initiative in diesem juristischen Verfahren in die Hand zu bekommen. „Kann dieser Herr Leutnant nicht der Mörder seines Bruders sein ? Man hat doch schon oft gehört, dass sich Brüder umgebracht haben. Wir sollten unverzüglich einen Steckbrief gegen ihn herausbringen, um ihn zu fassen, damit er einer ordentlichen Untersuchung unterzogen werden kann."

Haushofmeister Kattke konnte wenigstens ein ungefähres Signalement [17] beisteuern, denn er hatte diesen Mann ja vorgestern bei seinem Eintreffen auf Gut Plattenburg persönlich gesehen und in seine Listen eingetragen. Daher erinnerte er sich besser an ihn als der Gutsherr selbst, dem zwar der Besucher während der Gratulationscour einmal die Hand geschüttelt hatte,

---

[16] Hirsch mit zehn Sprossen am Geweih, an jeder Seite fünf
[17] Personenbeschreibung

aber sonst nicht im Gedächtnis geblieben war. „Der Herr Leutnant von Saldern muss knapp sechs Fuß [18] groß sein, und er trug die Offiziersuniform des Manteuffelschen Regiments in Halle an der Saale. Sonst kann ich ihn leider nicht so genau beschreiben, aber er muss etwa knapp 30 Jahre alt sein. Über seine Übernachtung in der Kammer zusammen mit seinem Bruder habe ich hier nichts vermerkt, auch nicht über seine Abreise."

„Na, das ist doch schon was für das Signalement im Steckbrief, Weber, schreib Er das nur gut auf", rief der Gutsherr dazwischen. Er machte den Eindruck, über diese Ablenkung von seinem so vollständig gescheiterten Vorwurf gegen den Bauern Jörg Möller recht froh zu sein.

## 7

Es war fast wie in einem Theaterstück des berühmten Dichters Schiller aus Weimar, von dem der Gutsherr wenigstens schon gehört hatte, wenn er auch in seiner ländlichen Abgeschiedenheit noch keines von diesen Stücken gesehen oder gelesen hatte. Wie auf ein Stichwort ging plötzlich die Salontür auf und ein hochgewachsener preußischer Offizier betrat den Raum, dirigiert von einer eifrig flüsternden Magd.

„Gestatten, meine Herren," stellte er sich vor, „ich bin Albrecht Wilhelm von Saldern auf Gut Lichtenberg, Leutnant im Regiment von Manteuffel Seiner preußischen Majestät. Mir wird gesagt, ich würde hier

---

[18] Längenmaß: 1 preußischer Fuß = 31,3 cm

dringlich gesucht, verehrter Herr Vetter !" Dabei legte er in strammer Haltung die rechte Hand an seinen Dreispitz und schlug die Hacken zusammen, zur üblichen militärischen Ehrenbezeugung. Danach zog er den Hut und blickte etwas verständnislos in die Runde, die den Salon bevölkerte.

„Sie haben Ihren Bruder ermordet, hier in meinem Haus !" schrie der Gutsherr wütend den Offizier an und eröffnete damit die geplante Vernehmung in einer Art, die jeden erfahrenen Untersuchungsrichter zum Entsetzen getrieben hätte.

„Halten zu Gnaden, werter Herr Vetter, das ist unmöglich", entgegnete der Leutnant ruhig, aber entschieden. „Ich habe meinen Bruder seit gestern Abend nicht gesehen, seit wir uns nach dem Diner verabschiedet haben. Wo ist er denn ?"

Jetzt hielt es der plattenburgische Hausjurist Weber für an der Zeit, endlich wieder die Fäden der Untersuchung in die Hand zu bekommen. „Darf ich fragen, Herr Leutnant, wo Sie in der letzten Nacht gewesen sind ? In der Ihnen zum Übernachten zugewiesenen Kammer offensichtlich nicht, dort aber liegt Ihr Herr Bruder tot, ermordet, indem man ihm die Kehle durchgeschnitten hat."

Leutnant Albrecht von Saldern wurde bleich. „Mein Bruder tot – ermordet ? Das ist ja furchtbar ! Aber ich habe ihn ganz bestimmt nicht getötet. Das ist auch völlig unmöglich, denn ich bin erst in diesem Augenblick von der Jagd zurückgekommen, zusammen mit dem Jäger dieses Gutes. Der kann das bezeugen, er muss noch draußen auf dem Hof sein. Sie, verehrter Herr Vetter" – damit wandte sich der Sprecher an den

Gutsherren – „hatten mir gestern Abend persönlich erlaubt, einen kranken Zehnender in Ihrem Forst zu erlegen, weil Sie gehört hatten, dass ich ein begeisterter Jäger bin, aber als Offizier in Halle so selten zu diesem Vergnügen komme. Sie werden sich sicher erinnern können, Herr Vetter!"

Betretenes Schweigen folgte diesen Worten, die bereits ohne die eventuelle Aussage des plattenburgischen Jägers Hermicke fast sicher jeden Verdacht gegen den jungen Mann widerlegen mussten.

In dieses Schweigen hinein fügte der Leutnant ein erstaunliches Beispiel von Selbstbewusstsein hinzu: „Darf ich mich setzen, verehrter Herr Vetter?" sagte er in ruhigem Ton, dem Gutsherrn zugewandt. „In meinem Regiment muss ich Vorhaltungen meiner Vorgesetzten stehend und in strammer Haltung über mich ergehen lassen. Aber hier im familiären Kreis meiner Standesgenossen und entfernten Verwandten ist es wohl üblich, wichtige Dinge im Sitzen und in Ruhe zu behandeln."

Damit zog er einen leeren Stuhl von der Wand des Salons und nahm darauf Platz, dem Gutsherren zugewandt.

Um seinem Vater über den Affront hinwegzuhelfen, mischte sich nun wieder der Sohn des Gutsherren ein. „Verehrter Herr Vetter," erklärte Christoph von Saldern in freundlich-sachlichem Ton, „vielleicht wäre es doch aber sehr nützlich, wenn Sie kurz Ihr Verhältnis zu Ihrem Bruder, dessen Tod wir hier beklagen müssen, schildern könnten, damit wir uns ein Bild machen können."

„Das will ich gerne tun, Herr Vetter." Albrecht nickte dabei dem Sprecher freundlich zu. Er schien zu spüren, dass er in diesem jungen Mann einen unvoreingenommenen Zuhörer finden werde.

Der Bericht des Leutnants von Saldern ergab, dass er seinen neun Jahre älteren Bruder nur gelegentlich zu sehen bekomme, wenn er alle Jahre einmal für einen kurzen Urlaub auf das heimische Gut Lichtenberg in der ehemaligen Grafschaft Ruppin komme. Besonders eng sei das Verhältnis zu seinem Bruder nicht, dazu sei der Altersunterschied zu groß und die Interessen zu verschieden.

Während er, Albrecht, von Kindheit an gerne Offizier werden wollte, war Karl mit Leib und Seele ein Agrarier gewesen. Damit habe er dem Vater die Führung des Gutes Lichtenberg praktisch aus der Hand genommen, was aber sicher zum Nutzen dieses Gutes gedient habe. „Denn, um ehrlich zu sein, werter Vetter, mein Herr Vater ist in den letzten Jahren ein wenig wunderlich geworden." Um das Gut und dessen Bauern und was diese anzubauen und welche Arbeiten sie zu erledigen hätten, habe er sich schon lange nicht mehr gekümmert, sondern nur noch in seiner privaten Stube gehockt, sinniert und heimlich irgend etwas geschrieben. „Aber was er da geschrieben hat, weiß ich nicht, er hält das stets streng geheim."

„Ich ahne", fügte der Offizier vorsichtig hinzu, „dass unser Herr Vater nicht das beste Verhältnis zu den Salderns auf Plattenburg hat, ohne dass ich weiß, warum. Wie gesagt, nehmen Sie mir diese Offenheit nicht übel, er ist ein wenig wunderlich, wenn ich das so sagen darf. Aber gerade deswegen habe ich gerne die

Einladung meines Herrn Vetters hier auf die Plattenburg angenommen, um das Verhältnis zwischen den verschiedenen Zweigen unserer so berühmten Familie zu verbessern."

„Haben Sie denn gar keine Ahnung, wer denn hier Ihren Herrn Bruder so schrecklich ermordet haben könnte?" fragte Christoph.

„Nein, da fällt mir nichts dazu ein", antwortete Albrecht von Saldern zögernd. „Ich weiß ja praktisch nichts über meinen Bruder, den ich so selten sehe. Zuletzt habe ich ihn vor einem Jahr kurz gesehen, und natürlich gestern Abend vor und nach dem Diner. Aber auch da hatten wir nur wenige Worte gewechselt."

Nach einer kurzen Pause fügte er zögernd hinzu: „Allerdings meine ich mich zu erinnern, dass mein Bruder schon seit Jahren mit einem anderen Vetter vom Gut Wulkow eng zusammen gearbeitet hat, der ist wohl öfter auf Lichtenberg gewesen. Sie haben, glaube ich, an irgendwelchen landwirtschaftlichen Züchtungen eng zusammengearbeitet."

Das war ein Stichwort, das nun wieder den plattenburgischen Haushofmeister Kattke auf den Plan rief. Erregt schwenkte er seine Papierblätter, um auf sich aufmerksam zu machen. „Das ist ja interessant", rief er, „Herr Gustav Albrecht von Saldern auf Gut Wulkow war auch unter den Gästen hier. Und er ist nach meinen Notizen hier bereits heute ganz früh am Morgen abgereist. Ich habe ihn selbst nicht gesehen, und vom gnädigen Herren hat er sich offenbar auch nicht verabschiedet. Aber der Knecht Peter, der zwischen drei und fünf Uhr die Torwache hatte, hat hier auf dem Zettel vermerkt, dass dieser Herr mit seinem

Pferd die Plattenburg verlassen hat. Der Peter ist sehr zuverlässig, und er kann auch lesen und schreiben."

Erstaunte Ausrufe klangen aus der Menge von Menschen, die sich hier zu dieser spannenden Untersuchung im Salon des Gutes Plattenburg versammelt hatten.

„Das ist doch eine ganz wichtige Information, Herr Vetter, meine Herren," beeilte sich Christoph von Saldern zu erklären, damit nicht sein Vater oder der nach seiner Ansicht unfähige Gutsjurist Weber wieder mit unsinnigen Behauptungen eine unvoreingenommene Untersuchung stören könnten.

„Dieser Gast scheint der einzige Mensch zu sein, der den ermordeten Herrn Karl von Saldern näher kannte – außer seinem Bruder hier, der aber unmöglich den Mord begangen haben kann. Ich will nicht behaupten, dass er der Mörder ist, aber man müsste ihn zuerst befragen, was er über den Toten weiß."


8


In der Runde herrschte für eine Weile ein verblüfftes Schweigen. An diese Möglichkeit schien keiner der Beteiligten bisher gedacht zu haben, dass der Mörder nicht auf der Plattenburg zu finden sei, sondern wahrscheinlich über alle Berge verschwunden war.

Im Bemühen, vor allem seinem Vater die Fortsetzung der Peinlichkeit dieser so verunglückten Kriminal-

Untersuchung zu ersparen, meldete sich erneut Christoph zu Wort: „Mit Ihrer Zustimmung, Herr Vater, möchte ich empfehlen, diese Versammlung hier aufzuheben und im engsten Familienkreis weiter zu beraten, was noch geschehen kann."

Dabei deutete er auf die vielen Bediensteten des Gutes, die inzwischen neugierig den Salon bevölkerten, bis hin zur Köchin und der Hausmagd. Dem Schreiber und Gerichtsbeamten Weber stand die Hilflosigkeit angesichts der neuen Situation deutlich ins Gesicht geschrieben. Der alte Georg von Saldern nickte nur und forderte mit einer stummen Handbewegung seine Untergebenen auf, den Salon zu verlassen.

Ganz unauffällig übernahm immer mehr der junge Christoph von Saldern die Regie, indem er vorschlug, den Vetter Albrecht doch in diese Runde der Familie einzubeziehen, die über das weitere Vorgehen beraten sollte. „Schließlich ist er als Bruder des Ermordeten selbst am direktesten betroffen."

Roswitha von Saldern, die Gutsherrin, hatte die ganze Zeit still und unauffällig im Hintergrund des Salons auf einem Stuhl gesessen und mit wachsender Bestürzung den gesamten Verlauf der juristischen Farce mit angehört, die ihr Mann und der Schreiber Weber in der letzten Stunde veranstaltet hatten, bis zu der überraschenden Erkenntnis der letzten Minuten.

Wieder war es der Sohn Christoph, der das Wort nahm, als die vier Salderns endlich allein im Salon saßen, mit ihren Stühlen dicht an den Lehnsessel des Gutsherrn herangerückt.

„Es ist hier auf unserem Gut ein schreckliches Verbrechen passiert, verehrter Herr Vater und liebe Mutter und verehrter Herr Vetter", begann er die Ereignisses der letzten Stunden zusammenzufassen. „Ich weiß nicht, ob das hier in der Plattenburg je schon einmal geschehen ist. Wir wissen inzwischen, dass keiner von uns hier" – mit einer weiten Handbewegung deutete er nach draußen und bezog dann auch Albrecht von Saldern mit ein – „der Mörder gewesen sein kann. Vieles deutet darauf hin, dass dieser Herr Gustav von Saldern auf Wulkow der Täter ist. Er war offenbar der Einzige, der den Toten näher kannte – natürlich außer seinem Bruder hier -, und er ist unter höchst verdächtigen Umständen noch in dieser Nacht aus der Plattenburg verschwunden."

„Was soll man denn nun bloß tun?" fragte der alte Gutsherr. Seiner zögernden Stimme hörte man an, dass er, der sonst immer frischweg Befehle zu äußern gewohnt war, in diesem Fall nicht weiter wusste.

„Ich meine, dass jemand diesem Herrn Gustav so schnell wie möglich nachreiten und ihn einholen muss, um ihn zu befragen. Ich würde mir das schon zutrauen, sowohl das Nachreiten wie das Befragen" erklärte Christoph ruhig. „Ich möchte dazu unverzüglich aufbrechen, wenn Sie, Herr Vater, nichts dagegen haben."

„Und ich möchte mich dieser Verfolgung unbedingt anschließen", fiel der Bruder des Toten ein, „ich habe als nächster Verwandter das höchste Interesse an der Aufklärung des feigen Mordes. Vor allem muss ich ja auch meinen Eltern auf Gut Lichtenberg den Tod ihres Sohnes melden."

Albrecht von Saldern fügte erklärend hinzu: „Ich weiß nicht, ob Ihnen bekannt ist, verehrter Herr Vetter, dass das Gut Wulkow ganz nahe bei Lichtenberg liegt, keine volle Meile entfernt. Wir müssen auf jeden Fall erst nach Lichtenberg, um die Eltern zu benachrichtigen. Und vielleicht finden sich dort Hinweise auf das Motiv der Tat. Ich bin inzwischen überzeugt davon, dass der feine Herr Gustav sie begangen hat, doch habe ich keine Ahnung, warum."

„Dann lassen Sie uns sofort aufbrechen," rief Christoph entschlossen aus und sprang von seinem Stuhl. Doch da meldete sich erstmals in den letzten zwei Stunden die Hausfrau zu Wort. „Das geht aber nicht, ihr jungen Spunde, ohne dass ihr etwas in den Magen bekommen habt. Erst müsst ihr ausreichend essen. Und die Küche muss dafür sorgen, dass ihr genügend Verpflegung für unterwegs dabei habt."

Was die Küche auf der Plattenburg anging, fühlte sich Roswitha von Saldern zuständig und hier hatte sie auch die alleinige Kommandogewalt. Von „Männerkram", wie sie das in den letzten Stunden Verhandelte bei sich nannte, wollte sie sich nicht aus ihrem Befehlsbereich verdrängen lassen.

„Ja, machen wir das so," entschied der Gutsherr, froh, dass er auch noch etwas dazu sagen konnte. Er wusste aus Erfahrung, dass er gegen die Anordnungen seiner Frau in ihrem Zuständigkeitsbereich nicht ankam. Außerdem war das ja auch ganz vernünftig, was sein Sohn und seine Frau da vorschlugen.

## II.

### 1

Dem jungen Juristen Christoph war während der letzten Minuten etwas eingefallen, was nach seiner Meinung unbedingt erledigt werden musste, bevor es zu spät war. Doch er hatte das wohl ganz richtige Gefühl, dass sein Vater dafür überhaupt kein Verständnis haben würde, bei seiner bekannten Unfähigkeit, ruhig und logisch zu denken. Daher erklärte Christoph von Saldern nur leichthin: „Bis es etwas zu Essen gibt, habe ich ja noch ein paar Minuten Zeit, um mir etwas für den geplanten Ritt zusammen zu packen, ich gehe schnell mal in mein Zimmer."

Doch stattdessen eilte er in das Nebengebäude, in dem der Mord stattgefunden hatte, und dort in die Kammer, den eigentlichen Tatort. Hier lag alles noch wie zwei Stunden zuvor, nur die Leiche war weggeschafft worden. Deutlich war im Stroh das Lager des ermor-deten Herrn von Saldern zu erkennen, mit großen Blutflecken im Stroh. Sorgfältig nahm Christoph eine Hand voll Stroh nach der anderen auf, besah sie sich genau und legte sie dann beiseite. Das war keine besonders angenehme Arbeit, doch der junge Mann zwang sich dazu, weil er der Ansicht war, vielleicht könne man hier noch irgend etwas finden, was mit dem Mord in Beziehung stände. Leider trog ihn diese Hoffnung.

Tief atmend besah er sich am Schluss noch die sauberen Strohschütten, die das provisorische Bett für den zweiten Gast in der Kammer, den Leutnant Albrecht, hatten bilden sollen, ein Bett, das dieser Gast aber
überhaupt nicht benutzt hatte. Kurz ging es durch Christophs Kopf, dass der Herr Leutnant dann wohl seit mindestens 36 Stunden nicht geschlafen haben könne, wenn er gleich mit ihm zusammen auf den Ritt zur Verfolgung des möglichen Täters gehen wolle. „Nun ja," dachte Christoph, „als Soldat ist er vielleicht solche kräftezehrenden Einsätze gewöhnt!"

Rasch verließ Christoph die Kammer und suchte den Pferdestall der Plattenburg auf; dorthin hatte man vor zwei Stunden den Leichnam gebracht, in eine jetzt nicht von einem Pferd besetzte Box. Einige Knechte hatten den Toten an Armen und Beinen dorthin getragen und ihn ziemlich unsanft in eine Ecke geworfen. Inzwischen hatte die Totenstarre voll eingesetzt, der Ermordete bot mit weit ausgebreiteten Beinen und Armen einen bizarren Anblick. Wieder musste sich Christoph von Saldern mit großer Willensstärke dazu zwingen, den gewissermaßen zu einem Stein gewordenen Leichnam anzufassen und vor allem Kopf und Hände genau zu betrachten.

Die tiefe Schnittwunde quer über den Hals sagte ihm nichts aus, er war schließlich kein Arzt und konnte nicht erkennen, ob der Tod dadurch schnell oder erst nach einiger Zeit durch den großen Blutverlust eingetreten war. Aber an der linken Hand entdecke Christoph etwas, was ihm wichtig schien. Zwischen dem Daumen und dem Zeige- und Mittelfinger – sie waren durch die Totenstarre fest zusammengepresst und kaum auseinander zu biegen - steckte ein Stückchen Papier. Mit Mühe konnte der junge Mann die Finger so weit öffnen, dass es ihm gelang, dieses Stück wegzunehmen.

Sehr genau betrachtete Christoph von Saldern diesen Papierfetzen. Es schien die obere rechte Ecke eines Blattes zu sein, man konnte sogar noch ein Stückchen von einer gedruckten Krone erkennen. Ob es sich dabei um ein Schreiben aus der Kanzlei des Königs von Preußen gehandelt haben könnte? Der junge Adlige hatte schon einmal bei irgendeiner Gelegenheit ein solches Schreiben gesehen, auch da war in der rechten oberen Ecke eine kleine Königskrone aufgedruckt gewesen.

Dem Juristen Christoph von Saldern schien diese Papier-Ecke ein wichtiges Beweisstück zu sein; allerdings nahm er sich vor, darüber erst zu sprechen, wenn er weitere dazu passende Beweise gefunden haben sollte.

Sorgfältig steckte er den Fetzen in seinen Geldbeutel, den er stets in einer Innentasche seines Fracks bei sich zu tragen pflegte. Dann kehrte er schnell in den Speisesaal des Gutshauses zurück.

## 2

Im Speisezimmer der Plattenburg war lange Jahre meist nur für das Ehepaar der Gutsbesitzer gedeckt worden; diesmal aber standen vier Gedecke auf dem Tisch. Die beiden jungen Leute, Christoph und

Albrecht von Saldern, ließen sich schmecken, was die Küche in der kurzen Zeit, die man ihr gelassen hatte, hervorzaubern konnte.

„Wie nahe sind wir uns eigentlich verwandt?" fragte der Gutsherr den jungen Gast aus dem Gut Lichtenberg. „Es müssen schon vier oder fünf Generationen her sein, Herr Vetter, seit ein jüngerer Sohn aus Ihrer Familie das Gut Lichtenberg erwarb", antwortete Albrecht höflich. „So genau weiß ich das auch nicht, jedenfalls war es vor mehr als hundert Jahren. Besonders nahe ist die Verwandtschaft also wohl nicht, aber unbestreitbar. Und jetzt hat das entsetzliche Ereignis hier unsere Familien ja wieder enger zusammen gebracht!"

Als die Köchin noch ein kräftiges Schweinesteak auftrug – „so ein weiter Ritt muss doch eine stabile Grundlage habe, junger Herr!" hatte die Köchin dabei gemeint – erkundigte sich Albrecht bei seinem künftigen Reisegefährten: „Haben Sie denn ein gutes Reitpferd, lieber Vetter? Ich selbst habe mein Zweitpferd aus der Garnison hierher geritten, eine Stute, nicht besonders schnell, aber ausdauernd. Ich hoffe, sie hat hier im Stall der Plattenburg genügend ausruhen können und ist gut versorgt worden."

Sofort fiel Georg Wilhelm von Saldern in überzeugtem Ton ein: „Das ist bestimmt der Fall gewesen, Herr Vetter!" Auf die Zuverlässigkeit seiner Stallknechte ließ er nichts kommen. „Und du, mein lieber Sohn, solltest die Hanna nehmen. Das ist eine Stute von drei Jahren aus meinem Pferdestall, ruhig und ausgeglichen und von erstaunlicher Zähigkeit, wenn auch nicht das schnellste meiner Pferde. Ich weiß, dass du nicht gerade ein Genie im Reiten bist, du hast es ja auf der Universität in Frankfurt nur selten praktizieren können."

„Herzlichen Dank, Herr Vater." Christophs Stimme klang irgendwie erleichtert, denn da er erst seit kurzem wieder auf seinem elterlichen Gut lebte, hatte er noch nicht viel Zeit im Pferdestall und auf dem Rücken eines Pferde verbracht, zumal er kein passionierter Reiter war.

„Na, das ist doch wunderbar, dass das mit den Pferden geklärt ist," mischte sich jetzt die Hausherrin in das Gespräch ein. „Dann werde ich sofort der Trine, unserer Köchin, Bescheid geben, dass sie zwei gute Pakete mit Brot, Butter, Wurst und Käse und was man sonst so unterwegs zum Essen braucht, einpackt und hinter die Sättel schnallen lässt. Das Pferd unseres lieben Vetters hier soll dabei auch nicht vergessen werden."

Nach der so erfreulichen Klärung zweier wichtiger Fragen wandte sich das Gespräch nun der Route zu, die die Reiter einschlagen sollten.

Der übliche Weg von der Plattenburg in die weite Welt führte zuerst nach Norden, weil dort, nach einem Weg von einer Drittelmeile, die Landstraße von Perleberg nach Kyritz erreicht werden konnte, die allerdings auch nichts anderes als ein häufig befahrener Feldweg war. Die Plattenburg lag, wenn man ehrlich war, selbst für brandenburgische Verhältnisse so ziemlich „hinter allen Bergen". Immerhin konnten bis dort Kutschen oder auch größere Leiterwagen fahren, und die größere Landstraße führte über weite Strecken ziemlich schnurgerade durch die Felder. Von einer festen Straßendeckung, etwa mit Steinen, konnte hier in der Mark Brandenburg natürlich nicht die Rede sein. In Gerüchten allerdings hatte man davon gehört, dass manche Straßen in Frankreich oder England so modern angelegt seien.

Aber die Bewohner der Plattenburg wussten noch von einem Abkürzungsweg, der direkt vom Tor der Burg nach Osten durch den dichten Forst führte, in die Richtung, die die Reiter nehmen mussten, wenn sie ohne Umwege Lichtenberg erreichen wollten.

Das war die alte Pilgerstraße, die einst im Mittelalter Berlin mit der berühmten Wallfahrtskirche in Wilsnack verbunden hatte. Einst zu katholischen Zeiten, waren auf ihr in jedem Jahr hunderte, ja tausende von frommen Pilgern entlang marschiert, nach Wilsnack und wieder zurück. Und die Plattenburg war die letzte Schlafstelle der Pilgergruppen vor dem Ziel in Wilsnack gewesen. Diese Straße war von den findigen Pilgern einst auf der kürzesten Strecke getrampelt worden und fast zweihundert Jahre in Gebrauch gewesen.

Inzwischen allerdings war diese „Straße", die immer nur ein Fußweg gewesen war, kaum mehr benutzt worden und war von Gebüsch und Bäumen fast zugewachsen. Aber Christoph von Saldern traute sich, auf dieser Strecke direkt nach Osten zu reiten. Als junger Bursche, vor seinem Aufenthalt auf der Adelsschule in Brandenburg, hatte er mehrfach auf einem Pferd aus dem väterlichen Stall weite Erkundungsritte auf diesem Pilgerweg gemacht.

Von der preußischen Hauptstadt Berlin, so hieß es, gingen zwar mehrere regelmäßige Postkutschenlinien auf ziemlich festen Straßen in verschiedene

Himmelsrichtungen, so nach Stettin in Pommern und Königsberg in Ostpreußen, aber auch nach dem sächsischen Leipzig und den kleinen Residenzstädten in Thüringen, auch nach Westen, nach Hamburg und nach Magdeburg. Diese Postkutschen waren schon ein sehr komfortables Reisegefährt, allerdings nur für Leute, die die teuren Preise dafür bezahlen konnten. Jeden Tag oder alle zwei oder drei Tage fuhren sie die gleiche Strecke, und zu stets der gleichen Zeit. Dadurch, dass sie im Durchschnitt alle drei Meilen an einer Postkutschenstation mit angeschlossenem Wirtshaus die Pferde wechseln konnten, waren diese Postkutschen für das Gefühl der Bewohner Preußens ungeheuer schnell und komfortabel. Denn es konnten bis zu sechs Personen im Inneren der Kutschen Platz finden, und vorn neben dem Kutscher, auf dem Dach oder auf einer Rückbank gab es sogar noch Plätze für weitere Personen mit einem weniger gut gefüllten Geldbeutel. Doch für den allergrößten Teil der Einwohner Preußens waren solche Verkehrsmittel nur ein unerfüllbarer Traum

„Wie spät ist es, Herr Vater ?" fragte Christoph plötzlich, während er mit einem Stück Brot die leckere Soße und die Möhren auf seinem Teller zusammen schob. Umständlich fasste Georg Wilhelm von Saldern in seine Westentasche und holte seine altmodische Taschenuhr heraus. „Halb drei ist es schon", verkündete er.

„Dann wird es Zeit, dass wir ganz schnell aufbrechen," meinte Christoph, „erlauben Sie bitte, Herr Vater, dass wir ganz unhöflich die Tafel aufheben[19] und ein wenig Reisegepäck zusammenpacken. Können Sie bitte veranlassen, Herr Vater, dass unsere Pferde so schnell wie möglich gesattelt und reisefertig gemacht werden. Wenn wir ganz schnell sind, habe ich die Hoffnung, dass wir den Herrn Gustav sehr bald einholen, vielleicht noch vor Kyritz. Er wird sicher den großen Umweg über die kyritzsche Landstraße gemacht haben, während wir den direkten Weg nach Osten nehmen."

Eine Viertelstunde später hatten sich die beiden Reiter von der Familie verabschiedet und trabten eilig den schmalen Weg entlang, der durch den urwaldähnlichen Forst der Plattenburg immer nach Osten führte.

### 3

Zunächst ritten sie schweigend hintereinander, weil der Weg für ein Nebeneinanderreiten viel zu schmal war. Doch nach einiger Zeit gab es wieder mehr Platz, und ohne sich abzusprechen, ließen die Reiter ihre Pferde in Schritt fallen, weil sie ja nicht ununterbrochen im Trabtempo laufen konnten. Nun konnte man auch nebeneinander reiten.

Es blieb nicht aus, dass die beiden jungen Männer miteinander ins Gespräch kamen. Sie waren beide fast gleich alt, und die seltsamen Umstände des heutigen Tages hatten sie schneller in Kontakt gebracht, als sie

---

[19] alter Ausdruck für sich vom Esstisch erheben

bei ihrem auf beiden Seiten eigentlich zurückhaltenden Wesen normalerweise gebraucht hätten. Irgendwie fand der junge Christoph von Saldern seinen entfernten Vetter sympathisch, und Albrecht schien es nicht anders zu gehen.

Albrecht begann das Gespräch, indem er erst von seinem Reitpferd sprach und es lobte; es werde den weiten Ritt bis zum Gut Lichtenberg schon gut aushalten. Durch einige Zwischenfragen gelang es Christoph, seinen Reisekameraden dazu zu bringen, etwas von seinem Dienst im preußischen Regiment von Manteuffel in Halle zu erzählen.

Dort war Albrecht nun schon seit einigen Jahren stationiert. Er war offenbar gerne Soldat und Offizier, dennoch klang ein skeptischer, ja kritischer Unterton aus seinen Erzählungen von den Offizierskameraden, den Vorgesetzten und den Manövern, die ja so oft abgehalten wurden. Wieder gelang es Christoph durch vorsichtiges Fragen, Albrecht zu offeneren Äußerungen zu bewegen.

„Nein, das preußische Militär ist wohl nicht mehr das, was es einst mal unter dem großen Friedrich war," gestand er schließlich ein. Gewiss, die im Gefecht nötigen Bewegungen der Soldaten – Marschieren, Halten nach Kommando, Laden des Gewehrs, Schießen, der Kampf mit dem Bajonett und all die vielen anderen im Preußischen Militär-Reglement genau beschriebenen Details der Bewegungen der Soldaten - waren mit den Soldaten immer wieder geübt worden und klappten auch einigermaßen. „Aber der Geist dahinter – ich weiß nicht, den sehe ich nicht mehr, weder bei den gemeinen Soldaten, noch bei meinen Vorgesetzten" machte sich Albrecht schließlich Luft.

„Mein Hauptmann, der Chef meiner Kompanie, ist eine richtige Krämerseele," brach es aus dem jungen Leutnant heraus. „Das verstehe ich nicht", warf Christoph dazwischen. Albrecht klärte den Zivilisten darüber auf, dass der Kompaniechef eigentlich nie etwas mit der militärischen Ausbildung seiner Soldaten zu tun habe, sondern nur mit der Beschaffung von Uniformen, Waffen und Munition, der Unterbringung der Soldaten – und natürlich mit der Finanzierung all dieser Notwendigkeiten. Er erhielt dafür alle Vierteljahre aus der preußischen Staatskasse eine genau ausgerechnete Summe und musste damit auskommen. „Wehe dem Hauptmann, der das nicht schafft – aber alle schaffen es, und sie können dabei genügend Taler und Groschen in die eigene Tasche abzweigen. Mein Hauptmann ist darin besonders groß. Mein Oberst und mein General, den ich nur dreimal im Jahr zu sehen bekomme, haben zwar mit den Finanzen nichts zu tun, aber sie sind so alt, dass ihnen jede Initiative fehlt. Mein General von Seefeld ist 78 Jahre alt."

„Wieso können so alte Generale noch Dienst tun?" fragte Christoph erstaunt. „Ich dachte, die würden rechtzeitig in Pension geschickt?" Sarkastisch antwortete Albrecht: „Weil die königlich preußische Pensionskasse für das Militär leer ist. Die Gehälter für aktive Offiziere können noch gezahlt werden, doch Pensionen nicht, also müssen die Herren Generäle im Dienst bleiben, bis sie von selbst sterben."

Minutenlang war das Gespräch unterbrochen, das inzwischen einen Punkt erreicht hatte, der wohl bei älteren Angehörigen des preußischen Adels das Gefühl hervorgerufen hätte, hier werde den Grundfesten des Königreichs der Boden entzogen. „Merkwürdig, Herr Vetter," begann Christoph zögernd das Gespräch wieder, „beim Militär scheint es gar nicht so viel anders zu sein als im zivilen Bereich. Ich muss gestehen, dass mich die letzten Monate auch sehr nachdenklich gemacht haben, was die Zukunft Preußens angeht."

Der junge Jurist erzählte, er habe nach Abschluss seines Universitätsstudiums noch etwa ein Vierteljahr bei Verwandten seiner Mutter, einer geborenen von Bredow, in der Hauptstadt Berlin gelebt und dabei manche Einblicke in die Art gewinnen können, wie das Königreich Preußen heutzutage regiert wurde. Verschiedene dieser Verwandten hatten hohe Posten in der Staatsverwaltung inne, und dadurch habe er manches erfahren, was den normalen Untertanen des Königs verborgen bleibe. .

Der junge König Friedrich Wilhelm III., mit 27 Jahren auf den Thron gekommen und seit zwei Jahren König von Preußen, sei ein schüchterner junger Mann, der zu keinem lockeren Gespräch mit einem Gegenüber fähig sei. Er sei zwar bemüht, die Aufgaben des „ersten Dieners des Staates" zu erfüllen, wie sein Großonkel Friedrich der Große einst die Aufgabe eines absoluten Monarchen in Preußen definiert habe. „Aber ich glaube, er hat kein wirkliches Verständnis für den Wandel der Zeit seit dem Tod des großen Friedrich," fasste Christoph seinen Bericht über seine Erfahrungen in Berlin zusammen. „Wenn unser Preußen einmal in einen neuen Krieg oder eine andere sehr schwierige Situation geraten sollte, weiß ich nicht, wie das

Königreich daraus hervorgeht" meinte Christoph ziemlich resigniert.

4

„Halt, Vetter, sind wir denn noch auf dem richtigen Weg ?" unterbrach plötzlich der junge Jurist seine Erzählung. „Wie soll ich das wissen ? Ich bin hier noch nie gewesen," meinte Albrecht.

Irgendwie mussten die Reiter von dem alten Pilgerweg abgekommen sein und waren wohl in einen noch schmaleren Waldweg eingebogen, der ebenso verwachsen war. Doch unzweifelhaft führte er in die gleiche Richtung, nach Osten. Umzukehren empfahl sich nicht, weil die beiden Reiter ja gar nicht wussten, wann und wo sie abgebogen waren, und die Wald-Wildnis für ihre Augen überall gleich aussah.

Vor ihnen tauchte schließlich eine kleine Lichtung auf, mit Haselnuss und Birken schon wieder fast zugewachsen. Auf dieser Lichtung stand eine verfallene Hütte mit Grassoden auf dem Dach. Staunend hielten die beiden jungen Leute ihre Pferde an.

„Das muss die Hütte des Räubers Schmitten sein," meinte Christoph nach einigem Grübeln. „Als ich Kind war, wurde noch viel von dem erzählt. Er muss vor etwa 50 Jahren gelebt haben, ist also sicher schon lange tot. Es hieß, der Räuber habe damals immer wieder reisende Kaufleute auf der Straße zwischen Perleberg und Kyritz überfallen und ihnen Geld und vor allem auch Lebensmittel geraubt. Und man behauptete, dieser Räuber habe seinen Schlupfwinkel hier mitten im Urwald gehabt. Ich erinnere mich, dass mir eine alte Magd erzählt hat, in ihrer Jugend sei eine ganze Kompanie Soldaten für eine Woche auf der Plattenburg einquartiert gewesen, um in dem unermesslichen Wald nach dem Räuber zu suchen. Aber gefunden hat man ihn nie!"

„Nur gut, dass er inzwischen tot ist und dass nicht meine Kompanie hier im Wald nach dem Räuber suchen muss," antwortete Albrecht von Saldern mit Abscheu und auch etwas Furcht in der Stimme. „Meine Sache wäre es nicht, ständig hier im Dickicht herumzustöbern."

Ein Blick durch die halb verfallene Brettertür in die Hütte brachte ihnen nicht viele Erkenntnisse. Sie war leer, kein Toter oder Skelett lag hier herum.

Nach einigem Suchen fanden die Reiter, dass ein ebenso schmaler Pfad jenseits der Lichtung in die gleiche Richtung nach Osten weiter führte. „Es bliebt uns wohl nichts anderes übrig, als hier weiter zu reiten," entschied Christoph. „Irgendwann muss dieser Urwald ja mal zu Ende sein. Ich weiß, dass jenseits davon das Dorf Schrepkow liegen muss. Ich bin dort zwar noch nie gewesen, aber irgendwie müssen wir ein Dach über dem Kopf finden, denn es wird schon allmählich dunkel. Sie werden gewaltig müde sein,

Herr Vetter, denn Sie haben ja die letzte Nacht überhaupt nicht geschlafen."

Nun wieder hintereinander reitend überließen sich die beiden jungen Leute dem einschläfernden Tapfen der Hufe ihrer Pferde, die ganz von selbst dem schmalen Weg folgten.

Auf einmal mündete der verborgene Pfad am Rand des Waldes. Ein Gebüsch verbarg die Stelle, wo der Pfad auf das freie Feld stieß. Vor den Reitern lag ein nun abgeerntetes Roggenfeld, das leicht zum Horizont anstieg. Von den Häusern des Dorfes war nichts zu sehen. „Ich hoffe sehr, dass wir immer noch nach Osten reiten, lieber Vetter," meinte Christoph etwas zweifelnd. „Irgendwo dahinten muss Schrepkow liegen."

„Da oben am Ende des Feldes meine ich, eine Gestalt zu sehen," rief Albrecht erstaunt. „Lasst uns da mal hinreiten, vielleicht erfahren wir, wo das Dorf liegt." Doch als die beiden Reiter nun schnell über das abgeerntete Feld trabten, standen sie plötzlich vor einer Vogelscheuche, einem Kreuz aus Holzknüppeln, dem man einen alten Dreispitz-Hut aufgesetzt und einen alten Mantel umgehängt hatte.

„Dieser Mensch kann uns leider nichts sagen," bemerkte Christoph etwas süffisant und begann laut zu lachen. „Aber ich glaube, da hinten sehe ich einige Hausdächer. Da muss das Dorf Schrepkow sein."

# 5

Mühsam wühlte sich Christoph von Saldern aus der Strohschütte, auf der er übernachtet hatte. Diese Art von Bett war er nicht gewohnt, aber trotzdem hatte er fest und lange geschlafen, denn der für ihn ungewohnte lange Ritt am gestrigen Nachmittag und Abend hatte ihn sehr ermüdet. Sein Reisekamerad Albrecht schlief noch fest, aber der hatte ja auch noch viel mehr Schlaf nachzuholen.

Am gestrigen Abend war es den beiden Reitern geglückt, im Dorf Schrepkow einen Dorfkrug zu finden – keine Selbstverständlichkeit in so kleinen Dörfern –, der sogar für reisende Handwerksburschen eine Kammer mit frischem Stroh zur Verfügung hatte. Auch die Pferde konnten in einen Stall gestellt werden und Futter erhalten. Hoch beglückt hatten die beiden jungen Leute sich noch einen Krug Bier geben lassen, etwas Brot und Wurst aus den Verpflegungspäckchen von der Plattenburg gegessen und waren dann todmüde auf das Stroh gesunken, dessen Benutzung nur zwei Groschen kosten sollte.

Jetzt am Morgen bestand die Toilette der beiden jungen Adligen daraus, dass sie mit den Händen ein wenig Wasser aus einem Fass schöpften und sich das Gesicht wuschen. Der Hausknecht des Dorfkrugs füllte anschließend den Wasservorrat wieder auf, indem er mit einem Ledereimer zum nahen Bach ging und dort Nachschub holte.

Frisch gestärkt von einem tüchtigen Stück Brot und einem Krug Bier konnten dann die beiden Reisenden die Verfolgung des flüchtigen Mörders wieder aufnehmen. Auch wenn natürlich noch keine Beweise für diese Annahme vorlagen, waren die beiden Salderns inzwischen fest davon überzeugt.

Relativ früh am Morgen brachen die Reiter zu ihrer nächsten Tagesetappe auf, die sie möglichst bis in die Stadt Neuruppin führen sollte. Wohl versehen mit der Wegbeschreibung, wie man vom Dorf Schrepkow nach Kyritz kommen konnte, trabten die Reisekameraden auf der Landstraße entlang.

Es war noch später Vormittag, als die Reisenden das Städtchen Kyritz an der Dosse erreichten. Hier gönnten sie sich und ihren Pferden eine Ruhepause in einem Gasthaus, in dem sie ein ausgiebiges Mittagessen einnehmen konnten, und auch ihre Pferde bekamen eine reichliche Mahlzeit.

Dann ging der Ritt weiter, erst nach Süden nach Wusterhausen, weil es dort eine Brücke über den Fluss Dosse gab. Nördlich davon bildete ein Zufluss zu diesem Fluss einen langen und breiten See, den man höchstens mit Booten überqueren konnte.

Dann ab Wusterhausen begann ein langweiliger Weg über staubige Landstraßen, die durch zahlreiche Dörfer führten, immer nach Osten, auf die Stadt Neuruppin zu. Insgesamt betrug der Weg von Kyritz nach Neuruppin, so hatte man den Reitern gesagt, nicht weniger als 6 preußische Meilen [20], eine beachtliche Leistung auch für gute Reiter mit guten Pferden.

---

[20] ca. 45 Kilometer

Die Sonne war schon untergegangen, als die Reisenden auf müden Pferden in die Stadt Neuruppin einritten. Einst war sie einmal die Hauptstadt einer kleinen unabhängigen Grafschaft Ruppin gewesen, aber deren Herren hatten schon vor mehreren hundert Jahren Schutz unter den Fittichen des roten Adlers der brandenburgischen Kurfürsten gesucht.

Die Stadt hieß nicht nur N e u ruppin, sie sah auch so aus. Denn vor zwölf Jahren waren in einem verheerenden Brand große Teile der Altstadt abgebrannt, aber inzwischen dank einer großzügigen Spende des preußischen Königs sehr schön wieder aufgebaut worden. Erleichtert konnten die beiden Salderns in einem modern wirkenden Gasthof von ihren Pferden absteigen, diese in den Stall führen und selbst an einem Tisch in bequeme Stühle sinken. Und nach dem ausgiebigen Abendessen konnten sie in bequeme Betten sinken – was für eine Wohltat!

## III.

### 1

Nicht weit hinter Neuruppin lag der Gutshof Lichtenberg, der Wohnsitz des dortigen Zweiges der Familien von Saldern. Man würde es schon nach einer guten Stunde erreichen.

Als die beiden Reiter noch eine Viertelstunde vom Gutshof entfernt waren, fiel ihnen auf, dass hier offenbar kaum Getreide angebaut wurde. Beide waren keine Landwirte, aber schließlich als Kinder und Jungen auf dem Lande aufgewachsen. Da war ein solcher Blick auf die Äcker etwas Selbstverständliches. Statt abgeernteter Getreidefelder sah man überall die grünen Blätter von Runkelrüben, in geraden Reihen angebaut.

Die Empfindungen der beiden Salderns waren sehr unterschiedlich, als sie sich dem vorläufigen ersten Ziel ihrer Reise näherten. Dem Juristen Christoph ging es vorwiegend darum, möglichst etwas über das Verhältnis des ermordeten Karl zu seinem Vetter vom Gut Wulkow zu erfahren. Danach, so war Christoph überzeugt, würde wohl erst der kurze Ritt zu diesem Gut endgültige Aufklärung über die Mordtat bringen können.

Den jungen Leutnant Albrecht plagten ganz andere Gefühle. Er musste seinen Eltern und seiner Schwester den Tod des Sohnes und Bruders mitteilen; das war schon schwer genug. Aber darüber hinaus belasteten noch ganz andere Empfindungen den jungen Mann. Er war ja in den letzten Jahren nur selten zu Hause gewesen, aber er wusste, dass mit seinen Eltern nicht alles so gut stand, wie es sein sollte.

Da die beiden Vettern während ihre langen gemeinsamen Rittes beschlossen hatten, vom höflich-distan-zierten „Sie" zum verwandtschaftlichen „Du" überzugehen, traute sich Albrecht auch, seinem Begleiter zu erzählen, dass sein Vater „etwas wunderlich" sei. Offenbar habe er sich in den letzten Jahren ganz von aller Anteilnahme am Betrieb des Gutes zurückgezogen und alle Arbeit seinem Sohn Karl überlassen. Darüber hinaus habe der alte Hans von Saldern fast nur noch in seinem Arbeitszimmer gesessen und etwas in ein Buch geschrieben und kaum noch Kontakt zu den Bediensteten des Gutes und seiner eigenen Familie gehabt, zu seiner Frau, seinem Sohn und seiner Tochter Charlotte.

Albrecht wusste das alles von seinem letzten Besuch auf dem heimatlichen Gut, der allerdings schon anderthalb Jahre zurück lag. Briefe habe man praktisch nicht mehr gewechselt, da der Vater nie auf Nachrichten des Sohnes aus seiner Garnison Halle geantwortet habe.

Sehr bedrückt machte Albrecht seinen Freund auch darauf aufmerksam, dass seine Mutter – sie sei jetzt 64 Jahre alt – ebenso wunderlich sei wie der Vater, allerdings in einer ganz anderen Weise. Sie habe alles vergessen: dass sie Söhne und eine Tochter habe, und dass sie auf Gut Lichtenberg lebe. Praktisch vegetiere sie schon seit Jahren allein in einer Kammer des Gutshofs, nur von ihrer Tochter und einer alten Magd betreut, ohne Kontakt mit ihrem Mann und dem Rest der Gutsbewohner.

Mit dem mehrere Jahre älteren Bruder Karl hatte der Offizier wenig zu tun gehabt. Sie sahen sich ja nur sehr selten, und die Interessen waren zu verschieden. Während Karl wohl der geborene Landwirt war und sich intensiv um den Anbau von landwirtschaftlichen Produkten auf Gut Lichtenberg kümmerte, hatte Albrecht schon mit 15 Jahren es erreicht, dass er eine der berühmten Kadettenanstalten des preußischen Heeres beziehen konnte. Dies waren die Ausbildungsstätten für angehende preußische Offiziere aus dem Adel, halb Schulen, halb dienten sie der militärischen Ausbildung.

Ein Lichtblick auf Gut Lichtenberg sei allerdings die junge Schwester Albrechts, Charlotte. Sie sei erst 19 Jahre alt und – soweit das der ja meist abwesende Albrecht beurteilen konnte – die einzig Vernünftige auf dem Hof.

2

Mit gespannten, allerdings auch recht bedrückten Erwartungen ritten die beiden jungen Leute vor die Eingangstür des Gutshofes Lichtenberg und stiegen von ihren Pferden ab. Das Gebäude war ein typischer Bau aus der Barockzeit, mit dem üblichen Mittel-Risalit [21],

---

[21] In ganzer Höhe des Gebäudes vorspringender Gebäudeteil zur Aufgliederung der Fassade, besonders im Barock.

zeigte aber nach über hundert Jahren deutliche Zeichen des Verfalls [22].

Über die übliche Freitreppe von mehreren Stufen erreichten die beiden die Haustür. Auf dem ganzen Hof war kein Knecht oder Magd zu sehen, doch schließlich war Albrecht hier zu Hause und kannte sich aus. Er führte seinen Vetter zu einer Tür am Ende des langen Ganges und klopfte laut. „Herr Vater, ich bin's, Ihr Sohn Albrecht, öffnen Sie bitte, ich habe Ihnen eine wichtige Mitteilung zu machen!"

Nach einiger Zeit wurde von innen ein Schlüssel herumgedreht und die Tür öffnete sich. Ein alter Herr mit ungepflegtem Haar und verblichenem Rock stand in der Tür. „Bist Du's tatsächlich, Albrecht," sagte er erstaunt. „Dich hätte ich hier nicht erwartet!"

„Ich komme von der Plattenburg, von der Geburtstagsfeier unseres Vetters Georg Wilhelm von Saldern", erklärte Albrecht sachlich. „Eigentlich hätte ich hier zusammen mit meinem Bruder Karl stehen sollen, aber ich muss Ihnen die schreckliche Nachricht überbringen, verehrter Herr Vater" – dem Sohn stockte für einen Moment die Stimme – „dass mein Bruder dort von einem Mörder getötet wurde."

„Auf der Plattenburg" brachte der alte Herr mit gepresster Stimme heraus, „auf der Plattenburg – das hätte ich mir denken können, von dorther kommt alles Unheil, das in den letzten Jahren über unsere Familie

---

[22]   Nach gründlicher Renovierung und unter einem neuen Eigentümer heißt das Gut heute Gut Hesterberg und ist ein Zuchtbetrieb für schottische Hochlandrinder sowie ein exquisites Hotel-Restau-rant.

gekommen ist. Der alte Georg Wilhelm ist der Mörder, nicht wahr ? Sag's gleich, Albrecht, er muss es gewesen sein !"

„Nein, Herr Vater, er war es ganz gewiss nicht", antwortete Albrecht leidenschaftlich. „Aber können wir nicht in den Salon gehen, dort will ich Ihnen ausführlich berichten, was dort auf der Plattenburg an Schrecklichem geschehen ist." Etwas geistesabwesend ließ sich der alte Herr in den Salon des Gutshofes ziehen, einen Raum, der in den letzten Jahren nur noch selten benutzt worden war.

Ausführlich berichtete nun Albrecht seinem Vater von dem, was sich dort auf dem Schloss in der Prignitz ereignet hatte; der alte Herr blieb dabei sehr wortkarg. Nur bei der Vorstellung des Begleiters seines Sohnes fuhr er auf: „Ein Saldern von der Plattenburg – der kommt mir hier nicht ins Haus !"

Doch da zeigte sich, dass auch der junge Saldern von Lichtenberg energisch werden konnte. „Bitte, Herr Vater, beleidigen Sie nicht meinen Vetter und Freund Christoph hier ! Er ist an dem Mord genauso unschuldig wie ich selbst und auch der Herr Georg Wilhelm. Wenn ich noch ein despektierliches Wort von Ihnen über diese Verwandten höre, verlasse ich augenblick- lich unser Gut Lichtenberg und werde es nie wieder betreten !"

Offenbar drang diese energische Stimme in das leicht verwirrte Gehirn des alten Herrn Hans Albrecht von Saldern, er senkte ergeben den Kopf und ließ sich weiter von seinem Sohn berichten.

Doch auf die Fragen, was denn der Sohn Karl in offenbar intensiver und langjähriger Zusammenarbeit mit seinem Vetter Gustav vom Gut Wulkow getrieben habe, konnte der alte Herr nur mit den Schultern zucken. „Darum habe ich mich nicht gekümmert, das war alles Sache von Karl. Ich hatte anderes zu tun." Doch die Nachfragen, was denn dieses „Andere" gewesen sei, erbrachten den beiden jungen Salderns keine Klarheit.

„Es ist etwas Schlimmes", verkündete der alte Herr mit geheimnisvoller Stimme, „das kann ich euch nicht verraten." Aber die Andeutung war nicht zu überhören, dass dieses „Schlimme" irgendwie mit der Plattenburg zu tun hatte.

Die beiden jungen Leute sahen sich dabei schweigend an. Als sie später allein waren, sagte Albrecht leise zu seinem Vetter: „ Bitte nimm es meinem Vater nicht übel, was er über Deine Familie und die Plattenburg sagte. Ich habe leider den Eindruck, dass in dieser Beziehung sein Geist innerlich etwas verwildert ist. Du hast ja selbst mitbekommen, wie er sich verhält. Er scheint sich darin verrannt zu haben, irgendeinen verhängnisvollen Einfluss von der Plattenburg her auf unseren Zeig der Familie zu vermuten. Das ist seine fixe Idee. Ich kann mir beim besten Willen nicht erklären, was er damit meinen könnte."

Offenbar war für den verwirrten Geist des alten Hans von Saldern schon zu viel, was Albrecht noch mitteilte, dass nämlich in den nächsten Tagen mit einer Kutsche der Leichnam des ermordeten Karl auf Gut Lichtenberg eintreffen werde, damit er hier ein christliches

Begräbnis erhalten könne. Der alte Herr schlich zu seinem Studierzimmer, wie es im Gut hieß, und schloss sich dort, wie stets, sorgfältig ein.

### 3

Eilig zog jetzt Albrecht seinen Vetter Christoph die Treppe zum oberen Stockwerk des Gutshauses hinauf, nach links, und er klopfte auch dort an eine Tür. Geöffnet wurde sie von einem jungen Mädchen – oder war es eine junge Frau ? – , das einen tiefen Eindruck auf den Gast machte.

„Bitte, Charlotte, erschrick nicht," warnte sie Albrecht vor, „ich möchte, dass wir zusammen zu unserer Mutter gehen. Ich muss ihr etwas Trauriges mitteilen, obwohl ich fürchte, dass sie es nicht verstehen wird. Aber du sollst dabei sein, damit sie wenigstens einen von unserer Familie sieht, den sie hoffentlich noch kennt. Dies ist übrigens unser Vetter Christoph von Saldern von der Plattenburg, und seine Anwesenheit hat mit der traurigen Mitteilung zu tun. Alles Nähere erklären wir dir später !"

Zu Dritt gingen sie in die andere Richtung des Flures, und dort holte Charlotte von Saldern aus ihrer Kleidertasche einen Zimmerschlüssel hervor, nicht ohne einen bedeutungsvollen Blick auf ihren Bruder zu werfen. Noch hatte die junge Frau kein Wort gesprochen, sondern war nur sofort und entschlossen den Wünschen ihres Bruders gefolgt. „Wir müssen die Mutter leider einschließen", sagte sie leise, während sie den Schlüssel herumdrehte. „Sie ist schon mehrmals aus ihrer Wohnung gekommen, und wir mussten sie auf dem ganzen Gut suchen, sie wusste nicht, wo sie war."

In einem Lehnstuhl saß eine alte Frau mit grauen Haaren. Erstaunt blickte sie die Eintretenden an. „Liebe Mutter," redete sie Albrecht an, „Ich bin's, dein Sohn Albrecht!" Dabei fasste er sie liebevoll an der Hand, doch der Gesichtsausdruck der alten Frau änderte sich nicht. „Wir müssen dir leider die traurige Mitteilung machen, dass dein Sohn Karl, unser Bruder, tot ist." Auch nach dieser Nachricht blieb das Gesicht der Mutter unbewegt, sie hatte offensichtlich nicht verstanden, was man ihr sagte.

Die Geschwister Albrecht und Charlotte wechselten einen vielsagenden Blick, danach holten sich die drei Besucher Stühle heran und setzten sich im Halbkreis um die alte Frau herum. Ausführlich erzählte Albrecht nun von den Vorgängen vor drei Tagen auf der Plattenburg, doch war das mehr für seine Schwester gedacht, denn man sah es der Mutter deutlich an, dass sie nichts davon verstand.

Dass die Mutter sprechen konnte, bewies sie, indem sie mit leidender Stimme davon erzählte, wie sich ihr Söhnchen Karl am Knie verletzt habe. Offenbar war diese Episode als einziges in ihrem Gedächtnis geblieben, als sie vor Jahrzehnten noch eine junge und lebenstüchtige Mutter gewesen war.

Mit traurigem Blick verabschiedete sich Albrecht von seiner Mutter, indem er ihr die Hand streichelte.

4

Im Zimmer von Charlotte nahmen dann die drei jungen Leute Platz. „Es ist entsetzlich, die Mutter so zu sehen", machte Albrecht seinem Herzen Luft. „Aber sie ist und bleibt doch meine Mutter ! Ich hoffe, du sorgst gut für sie !"

Endlich konnten die Besucher mit einem „vernünftigen Menschen auf Gut Lichtenberg" reden, wie Albrecht sich ausdrückte. Meist sprach der Bruder und erzählte noch einmal ausführlich von den schrecklichen Ereignissen auf der Plattenburg vor drei Tagen; die junge Charlotte trug mit gezielten Zwischenfragen sehr dazu bei, dass sie alles Wichtige auch so präzise wie möglich erfuhr.

Der Gast Christoph saß zunächst meist schweigend dabei und überließ seinem Vetter weitgehend das Erzählen. Währenddessen betrachtete er aufmerksam das junge Mädchen, das ihm da gegenüber saß. Ein bildhübsches Menschenkind, fand er, mit blonden langen Haaren, nach Art der Zeit in zahlreiche Locken gedreht. Sie war nicht nur hübsch, sondern auch von wachem Verstand, und erfüllt von stiller Energie.

Der stille Beobachter Christoph machte sich klar, dass diese junge Frau bisher ein sehr einsames Leben geführt haben musste, mit einem Elternpaar, dessen

Köpfe nicht mehr normal funktionierten, und mit einem viel älteren Bruder, der zwar keine Anzeichen von Verrücktheit aufwies, aber doch durch sein sehr einseitiges Interesse für die Zucht von Rüben bestimmt kein anregender Hausgenosse gewesen sein konnte. Und jetzt, nach dem Tod dieses Bruders, war die junge Charlotte hier auf Gut Lichtenberg zum Leben einer „Klausnerin" verurteilt, einer einsam in einer Klosterzelle lebenden Nonne, die nichts anderes tun durfte als zu beten. So hatte Christoph in seiner Jugend von einer alten Magd gehört, aus den Zeiten, da die Menschen in Brandenburg noch katholisch gewesen waren.

„Was waren das denn für Studien, die Ihr Bruder im Hinblick auf die Rüben getrieben hat ?" . Christoph von Saldern schaltete sich endlich auch selbst in die Unterhaltung ein. „Wissen Sie etwas davon, verehrte Base Charlotte ? Ich vermute sehr, dass er mit seinem Vetter Gustav vom Gut Wulkow dabei zusammen gearbeitet hat."

„Das war auch der Fall", erklärte Charlotte von Saldern eifrig und wandte sich damit erstmals voll ihrem Gast zu. „Alle paar Tage war der Herr Gustav hier, und dann haben die beiden stundenlang in ihrem Studierkeller gesteckt. Was sie da allerdings getrieben haben, das weiß ich nicht. Karl war da sehr verschwiegen."

„Studierkeller – das klingt aber sehr interessant", entgegnete Albrecht hoffnungsvoll. „Jetzt, wo Karl tot ist, sollte es doch möglich sein, diesen Keller einmal anzusehen."

Charlotte überlegte kurz. „Der Keller ist stets verschlossen, und Karl hat den Schlüssel immer bei sich getragen. Haben Sie den denn nicht gefunden, nachdem man ihn auf der Plattenburg tot aufgefunden hat ?"

5

Siedend heiß fiel es Christoph ein, dass er vergessen hatte, bei seiner Durchsuchung des Leichnams des Ermordeten im Pferdestall der Plattenburg auch die Taschen seines Rockes oder seiner Hose zu durchsuchen. Aber wie sollte man auch an alle solche Kleinigkeiten denken, zumal wenn man eine solche schauerliche Tätigkeit zum ersten Mal im Leben zu vollziehen hatte !

Doch in großer Offenheit erzählt er nun, wie er zu Hause die blutbeschmierte Strohschütte in der Kammer des Herrn Karl von Saldern durchsucht hatte, und anschließend auch den Toten selbst. Und er gestand auch mit einigen Selbstanklagen das Versäumnis ein, dass er die Taschen nicht nachgeprüft habe. Die beiden Lichtenberger Salderns hörten aufmerksam zu, und vor allem die junge Charlotte hing geradezu am Mund des Erzählers. „Dass Sie sich getraut haben, einen Toten so anzufassen !" rief sie bewundernd aus.

Nach kurzem Nachdenken platzte das Mädchen mit einer Idee heraus. „Ich weiß, dass unser Gutsschmied, der Schorsch Jordan, oft bei den beiden Herren im

Studierkeller war. Er ist bestimmt der Einzige, der Genaueres über das weiß, was die beiden dort unten trieben. Vielleicht hat er auch einen Schlüssel; auf jeden Fallmuss er in der Lage sein, uns den Keller zu öffnen." Wie ein Irrwisch war sie durch die Tür und rief nur noch zurück: „Ich hole ihn!"

Angeregt von der plötzlichen Energie der jungen Frau verließen auch die beiden männlichen Salderns das Zimmer und gingen die Treppe hinunter bis in den Keller. Dort war die Kammer, hinter deren Tür sich vielleicht das Geheimnis für das Motiv des Mordes offenbaren konnte. Aber natürlich hing ein großes altertümliches Vorhängeschloss davor. Den Männern blieb nichts übrig als zu warten.

Es kam ihnen wie eine Ewigkeit vor, war aber wahrscheinlich nicht länger als zehn Minuten, bis die junge Frau wieder erschien, in ihrem Schlepptau ein kräftiger Mann mittleren Alters. Das war der Schmied des Gutes Lichtenberg, Georg Jordan, von allen nur Schorsch genannt.

Es stellte sich heraus, dass dieser Mann tatsächlich einen Schlüssel für das Vorhängeschloss besaß, er hatte ihn vor einigen Jahren auf Wunsch des Herrn Karl selbst anfertigen müssen, damit auch er den Keller betreten konnte. Doch zunächst weigerte er sich, die Tür zu öffnen. Er sei vom Herrn Karl ganz ausdrücklich angewiesen worden, niemanden in den Keller zu lassen, nur die beiden Herren Karl und Gustav von Saldern durften da hinein, - und er selbst, der Schorsch. Denn er hatte in den letzten Jahren den Herren oft helfen müssen, indem er nach genauen Anweisungen und Zeichnungen seltsame Tiegel und andere

Metallbehälter hatte anfertigen und im Keller einbauen müssen. Nicht ganz ohne Stolz wies der Gutsschmied darauf hin, dass er sehr geschickt sei bei der Herstellung solcher Geräte, er sei nicht bloß ein Schmied, der nur Hufeisen und Spaten schmieden könne.

# IV.

## 1

Mit ruhiger Stimme übernahm nun der Jurist Christoph von Saldern die Leitung des Gesprächs. Sachlich erklärte er, der Herr Karl sei vor drei Tagen während eines Besuchs auf der Plattenburg ermordet worden, und manches deute darauf hin, dass der Mörder sein Vetter Gustav vom Gut Wulkow sei. Als nunmehr ältester Sohn des Gutsherrn von Lichtenberg habe der Herr Leutnant Albrecht die Hoheit im Gut - außer natürlich dem Gutsherren selbst, aber jeder hier wisse ja, dass der sich leider um keine Dinge auf dem Gut kümmere. Wenn Herr Albrecht jetzt dem Schmied den Befehl gebe, den Kellerraum zu öffnen, sei der Schmied verpflichtet, dem ohne Widerrede Folge zu leisten. Albrecht nickte nur sehr nachdrücklich dazu, ohne ein Wort zu sagen.

Wortlos kramte nunmehr der Schmied in seiner Hosentasche und brachte den Schlüssel hervor, steckte ihn in das Schloss und öffnete es. Dann zog er die Tür auf und winkte den drei jungen Adligen mit einer Handbewegung, einzutreten. Danach zündete er mit geübter Bewegung mit einem kleinen Feuerstein und einem Stückchen Stahl eine große Kerze an, die auf einem Tisch in der Mitte des großen Kellerraums stand, und danach noch mehrere andere, die verteilt im Raum standen.

Das erste, was den neugierigen Besuchern auffiel, war ein etwas süßlicher Geruch, der den ganzen Raum durchzog. Ein großer, aus Ziegeln gemauerter Herd nahm einen erheblichen Teil des Raumes ein, auf dem verschiedene große Behälter aus Kupfer und Eisenplatten standen, mit zum Teil völlig ungewohnten Formen. In einer Ecke lag ein Vorrat von Runkelrüben. Ein anderer Teil des Kellerraums war von merkwürdigen Kästen angefüllt, die wohl aus Metallplatten zusammengeschweißt und untereinander mit Röhren verbunden waren. In einer Ecke stand ein alter Schreibtisch mit zwei Stühlen davor, auf dem Tisch eine wüste Menge von Papierblättern und Büchern. Das war das, was die Besucher auf den ersten Blick erkennen konnten.

„Das sieht ja hier aus wie das Laboratorium eines Alchemisten!" rief Albrecht erstaunt aus. „Aber wo ist das Gold, das doch, wie es immer heißt, in einer solchen Zauberküche erzeugt werden soll?"

„Hier ist das Gold, um das es den Herren ging", antwortete zur Überraschung der anderen der Schmied mit einem Ton in der Stimme, der aufhorchen ließ. Damit deutete er auf ein kleines Glasgefäß mit einem Deckel auch aus Glas, das zwischen dem Papierwust auf dem Schreibtisch stand. Es enthielt eine weiße Masse, die aussah, als bestehe sie aus Kristallen von Meersalz.

„Ist das Salz?" fragte denn auch erstaunt der Leutnant Albrecht. „Nein, meine Herren", erklärte der Schmied mit einem für seinen Stand ganz ungewohnten Selbstbewusstsein, und auch mit einer Ausdrucksweise, die nicht wie die eines einfachen Dorfschmiedes wirkte.

„Das ist Zucker aus Rüben. Das ist es, was die beiden Herren von Saldern hier so lange haben herstellen wollen und wonach sie geforscht haben, wie man den Zucker aus den Rüben zieht."

Verblüfft schwiegen die drei Salderns eine ganze Weile, bis sie sich von der Überraschung erholt hatten. Dann hatte die junge Charlotte wieder einmal eine sehr praktische Idee: „Wisst ihr was, ich sage gerade mal einem Knecht Bescheid, er soll uns ein paar Stühle hierher bringen. Dann setzen wir uns, und der gute Schorsch soll uns erzählen, was es alles damit auf sich hat."

2

Während die drei Salderns auf die Stühle warteten, die ihnen gebracht werden sollten, sahen sie sich aufmerksam in dem Keller um, offenbar einer Stätte höchst ungewöhnlicher Erfindungen. Allerdings fehlte den jungen Adligen jedes Verständnis, was es mit dem Wort „Zucker aus Rüben" auf sich haben könne, erst recht natürlich für die Gefäße und anderen Gegenstände im unaufgeräumten Keller.

Etwas zögernd nahm der Schmied Jordan auf einem der Stühle Platz, neben den jungen Gutsherren und ihrem Gast – für einen erbuntertänigen Arbeiter auf dem Gut [23] etwas höchst Ungewöhnliches. Vor allem Christoph fiel auf, dass dieser Schmied offenbar ganz verschiedene Empfindungen in seinem Inneren verband; der junge Jurist liebte es, sich Gedanken über den möglichen Charakter der Menschen zu machen, mit denen er zu tun hatte.

Beim Schmied Schorsch war da die in unzähligen Generationen den erbuntertänigen Bauern anerzogene Distanz und Höflichkeit der Untertanen gegenüber ihren Gutsherren – was allerdings keine falsche Kriecherei bedeutete, sondern durchaus auch ein gesundes Selbstbewusstsein der erfahrenen Bauern zuließ. Schorsch Jordan zeigte aber darüber hinaus ein Verhalten, das eine hohe Intelligenz und einen gewissen Stolz auf die eigene Leistung erkennen ließ, auf eine Leistung offenbar, die weder einem normalen Dorfschmied zuzutrauen war, noch sogar den meisten Herren Gutsbesitzern aus dem Adelsstand.

Der Schmied hatte wohl eingesehen, dass der Mord an seinem Herren Karl, der vor ein paar Tagen auf der Plattenburg passiert war, Grundsätzliches an seinem Verhältnis zu den beiden Gutsherren von Saldern geändert hatte. Und auch die strikte Verschwiegenheit über die Arbeiten im Laboratoriumskeller, die er seiner Obrigkeit hatte zuschwören müssen, konnte und durfte nicht mehr eingehalten werden.

Zunächst antwortete der Schmied nur etwas einsilbig auf die Fragen der Herrschaften, aber allmählich ging er aus seiner Zurückhaltung heraus und berichtete

---

[23] Außerhalb Deutschlands hieß diese Bevölkerungsklasse häufig „Leibeigene", vor allem in Russland. In Preußen wurde diese lebenslange Bindung an den Gutsherrn 1807 abgeschafft.

immer ausführlicher und zugleich von einem gewissen Stolz getrieben von der jahrelangen gemeinsamen Arbeit im Laboratoriums-Keller auf Gut Lichtenberg.

„Wie es vor ein paar Jahren war, das weiß ich nicht," erklärte der Schmied. „Nur, da hat ja unser junger Herr Karl die Leitung unseres Gutes übernommen, weil der alte Herr es wohl ablehnte, sich weiter darum zu kümmern. Sie wissen ja wohl besser, wie das gewesen ist."

„Na ja", meinte der Leutnant Albrecht, „ich weiß darüber auch nichts Näheres, ich war damals schon gar nicht mehr her auf dem Gut, sondern auf der Kadettenschule und später in meiner Garnison Halle. Aber du, Charlotte, hast ja diese Zeit hier miterlebt. Weißt du etwas darüber?"

„Leider nein," musste Charlotte eingestehen. „damals fing Mama an, alles zu vergessen, und ich musste mich sehr mit ihr beschäftigen. Unser Herr Vater war ja nie ein besonders fürsorglicher Gutsherr – ich hoffe, Ihr verzeiht mir diesen etwas despektierlichen Ausdruck. Ich weiß nur noch, dass er eines Tages sagte, er übergebe hiermit das Gut und alles, was damit zu tun habe, an seinen Sohn Karl, und am gleichen Tag zog er sich in sein Studierzimmer zurück, schloss es ab, und ließ sich seine Mahlzeiten dorthin bringen. Seitdem habe ich ihn nur noch ganz selten gesehen."

Indem sie nacheinander ihre drei Gesprächspartner anblickte, äußerte Charlotte einen sehr klugen Gedanken, wie Christoph von Saldern bei sich meinte, der wieder stillschweigend den Charakter seiner Gesprächspartner prüfte. Sie sagte nämlich: „Das alles ist sehr traurig, aber ich meine, das ist es doch nicht, was wir im Augenblick wissen wollen. Es geht doch hier um das, was die Herren Karl und Gustav gemeinsam hier geforscht haben und ob das vielleicht Anlass zu dem schrecklichen Mord gewesen ist."

Auf Nachfragen von Christoph hatte dann der Schmied Schorsch berichtet, der junge Herr Karl habe wohl bald festgestellt, dass viele Felder des Lichtenbergschen Gutes besonders für den Anbau von Runkelrüben geeignet seien. Diese Rüben wurden viel als Viehfutter verwendet, benötigten aber eine bestimmte Bodenbeschaffenheit, die gerade in der Mark Brandenburg nicht überall vorhanden sei. Auch müssten sie gut gedüngt werden, seien dann aber ein wertvolles Futter für die Kühe.

Der intelligente Schmied hatte im Lauf der vielen Jahre, da er mit den beiden Salderns zusammen gearbeitet hatte, manches aufgeschnappt und behalten, auch wenn er vieles davon nicht verstand, weil es über den Interessenbereich hinaus ging, der ihm selbst wichtig war. Er hatte behalten, dass Runkelrüben offenbar besonders gut auf Böden gediehen, die von Löß gebildet seien, auch von „Schwarzerde" sei häufig die Rede gewesen, erinnerte sich Schorsch. Auch den drei Zuhörern aus der Familie Saldern waren diese Begriffe bekannt; doch da sie alle keine Landwirte waren, sagten sie ihnen nicht viel. Nur dass es besonders fruchtbare Regionen sein sollten, darin waren sie sich einig.

„Der Herr Karl muss wohl entdeckt haben, dass große Teile der Felder des Gutes Lichtenberg zu dieser Sorte von Böden gehören.", erklärte plötzlich der Schmied Schorsch. „Und er hat wohl versucht,

Rübensorten zu züchten, die besonders viel Zucker enthalten."

„Entschuldigen die Herrschaften", hielt er plötzlich erschrocken inne, „ich bin nur ein einfacher Schmied. Aber ich kann mich erinnern, dass in den Gesprächen der Herren Karl und Gustav oft von einem gewissen Apotheker Marggraf die Rede war, der vor vielen Jahren entdeckt haben soll, dass der Inhalt von Runkelrüben und von Rohrzucker gleich sein sollte [24]."

„Allerdings", so fügte der gesprächig gewordene Schmied hinzu, „in den normalen Runkelrüben war der Zuckergehalt wohl noch sehr niedrig. Und der Herr Karl hat immer wieder versucht, Rüben zu finden oder zu züchten, die besonders viel Zucker liefern konnten. Er meinte, hier auf Gut Lichtenberg gebe es Böden, wo man Rüben mit besonders hohem Zuckergehalt erzeugen könne.

„Mir haben die Gutsknechte erzählt", berichtete Schorsch nun ganz von sich aus, „dass in den letzten Jahren immer wieder besonders ausgesuchte Rübensamen auf kleine Feldstücke gesät werden mussten, die durch Umzäunungen von einander getrennt waren. Da hat er wohl probieren lassen, wo der meiste Zucker drin steckte".

---

[24] Der Chemiker Andreas Marggraf hatte 1747 entdeckt und diese Entdeckung auch veröffentlicht, dass im Saft der Runkelrüben der gleiche Zuckerstoff enthalten war wie in dem schon lange bekannten Rohrzucker, der allerdings damals ausschließlich in der Karibik angebaut wurde und nach Europa importiert werden musste. Dieser Rohzucker war sehr teuer und ein ausgesprochenes Luxusprodukt.

Und im letzten Jahr habe der Herr Karl erzählt, die besten Rüben des Gutes enthielten bereits acht Prozent Zucker gegenüber vier Prozent früher [25]. „Ich weiß nicht, was das heißt, aber der gnädige Herr Karl war sehr stolz darauf und hat immer wieder davon gesprochen."

„Soweit ahne ich", meinte schließlich Christoph von Saldern, „um was es hier gegangen ist. Aber was hat diese Hexenküche hier im Keller des Gutes Lichtenberg damit zu tun?"

Wieder war es der Schmied Schorsch, der Auskunft geben konnte. „So weit ich mich erinnere, war der Herr Gustav vom Gut Wulkow auch an diesem Zucker interessiert. Schon vor vielen Jahren ist er immer wieder hier herüber geritten und hat mit meinem jungen Herrn Karl zusammen hier im Keller gehockt und miteinander geredet. Dem Herrn K a r l war wohl am meisten daran gelegen, Rüben mit dem besten Zuckergehalt zu züchten und hier erzeugen zu lassen. Aber der Herr G u s t a v hat wohl die Ideen gehabt, w i e man den Zucker aus dem Saft der Rüben herausholen konnte. Denn das ist nicht so einfach, dafür muss man mehrere Male den Rübensaft herausziehen und dick machen und dann mit verschiedenen Zutaten behandeln, bis schließlich der Zucker so aussieht, wie in diesem Glasgefäß."

Damit deutete der Schmied auf den kleinen Glasbehälter, der mitten zwischen dem Wust von Papieren auf dem Schreibtisch stand. „Dieses Muster

---

[25] Heutige Zuckerrüben enthalten ca. 20 % Zucker.

hat der Herr Gustav vor zwei Jahren hier in unserem Keller erzeugt, aber seitdem hatte es nicht wieder geklappt."

3

In dem Schweigen, das nach dieser überraschenden Aufklärung zunächst im Keller des Gutes Lichtenberg herrschte, stand der junge Christoph von Saldern auf und ging langsam zwischen dem großen Herd aus Ziegelsteinen und den runden und eckigen Behältern aus Blech und Kupfer umher, die einen erheblichen Teil des großen Kellerraumes einnahmen. Aufmerksam betrachtete er die verschiedenen Kessel, befasste sie vorsichtig und meinte schließlich: „Da ist was, das ich nicht verstehe. Du, Schorsch, sagst, unser Herr Karl hier auf Lichtenberg war vor allem auf die Zucht der besten Rüben aus, und der Herr Gustav wollte wissen, wie man den Zucker aus den Rüben herausholt. Warum hat er nicht auf seinem Gut Wulkow danach geforscht, sondern hier ?"

„Das ist so, gnädiger Herr," antwortete der Schmied bescheiden, aber klar. „Auf Gut Wulkow gab es wohl keinen Raum, wo man Platz hatte, die vielen großen Kessel, Töpfe und Behältnisse unterzubringen, die man hier braucht. Hier auf Lichtenberg war der Keller gut geeignet, darum kam ja der Herr Gustav immer hierher. Es ist ja auch nicht so weit. Außerdem konnte ich hier helfen, auf Gut Wulkow gab es keinen Schmied, der dazu in der Lage gewesen wäre. Aber ich weiß, dass dort auf Wulkow auch ein kleiner verschlossener Kellerraum sein muss, in dem der Herr Gustav viele Bücher hatte, und wo er viel geforscht hat, wenn er nicht hier auf Lichtenberg war."

„Aber dies hier" – Christoph von Saldern deutete auf die verschiedenen Behälter aus Metall, die den Raum füllten – „das ist doch keine Arbeit der Herren Karl und Gustav von Saldern ! Das ist die Arbeit eines höchst erfahrenen Mechanikus ! Gebe Er zu, Schorsch Jordan, Er ist der Schöpfer davon !"

Unwillkürlich war der junge Christoph von Saldern in eine Anredeform übergewechselt, die nicht mehr zwischen einem Gutsherrn und seinem erbuntertänigen Bauern üblich war, sondern die von Angehörigen der höheren Stände benutzt wurde, um Menschen des einfachen Standes anzureden, die aber keine Erbuntertänige waren [26].

Erst zögerte der Schmied, dann aber antwortete er mit klarer Stimme: „Ja, gnädiger Herr, das ist von mir. Ein wenig habe ich wohl auch Anteil daran, wenn eines Tages in Preußen Zucker aus Runkelrüben erzeugt werden kann. Denn das war es, was den beiden Herren von Saldern hier seit Jahren vorschwebte."

Den drei Salderns verschlug es für eine ganze Minute wieder einmal die Sprache. „Donnerwetter, Schorsch", brach es schließlich aus dem Leutnant Albrecht von Saldern heraus, „dann stehen wir ja hier an einem ganz bedeutenden Ort."

---

[26] Siehe Anmerkung 10

„Aber leider ist es auch ein Ort, der noch ein düsteres Geheimnis birgt", warf der Jurist Christoph ein. „Denn immer mehr wird mir klar, dass der Mord auf der Plattenburg an Eurem Bruder Karl mit allen diesen Forschungen zu tun hat. Und der Herr Gustav von Saldern erscheint mir immer deutlicher als der Mörder. Aber ich weiß nicht, warum."

„Das weiß ich auch nicht, gnädige Herren," erklärte der Schmied Schorsch. „Ich weiß nur, wozu die Kessel und Behälter dienen sollten, die Sie hier sehen. Denn ich habe sie alle hergestellt, die meisten davon nach Zeichnungen, die mir der Herr Gustav gezeigt hat. Dann habe ich probiert, sie aus dünnen Eisenblechen zusammen zu löten oder zu schweißen. Manche habe ich auch aus eigener Erfindung gebaut und probiert, wie es am besten klappte."

4

„Das muss Er uns aber genauer erklären, lieber Schorsch," ermunterte nun Charlotte von Saldern den Schmied, sie kannte ihn ja auch am längsten. Und ob gewollt oder unbewusst, sie passte sich in der geänderten Anrede auch der gehobenen Wertschätzung an, die die beiden Herren seit den letzten Minuten dem Schmied entgegenbrachten.

„Was weiß Er über den Verlauf der Arbeit, wie macht man es, den Zucker aus den Rüben heraus zu holen ? Was kann Er uns darüber erzählen ?" fragte der

Leutnant neugierig, der wohl selbst gerne einmal einen Löffel der braunen Süßigkeit [27] in eine Tasse Kaffee tat, ein Genuss, den man sich nur selten gönnen konnte.

„Die Runkelrüben müssen als erstes mal gründlich gewaschen werden, nachdem man sie aus der Erde geholt hat", begann der Schmied seine Erläuterungen. Er war klug genug zu erkennen, dass seine drei adligen Zuhörer von der Landwirtschaft nicht die geringste Ahnung hatten, selbst von einfachen, für jeden Bauern selbstverständlichen Arbeiten nicht.

„Dieses Waschen passiert in einem großen Kessel wie diesem hier," begann der Schmied mit seinen Erläuterungen. „Hier kann man mit einem Schlauch ständig frisches Wasser aus dem Gutsbrunnen in den Kessel leiten, unten hat der Kessel einen Abfluss, den man öffnen kann, damit das schlammige Wasser abgeleitet werden kann." Schorsch zeigte auf die verschiedenen Zuleitungen des Kessels. „Die Herrschaften müssen sich allerdings vorstellen, dass bei einer richtigen Produktion von Zucker aus der herbstlichen Rübenernte eines ganzen Gutes der Waschzuber vielfach größer sein muss. Überhaupt sind alle die Geräte hier vielmal kleiner als sie in Wirklichkeit sein müssten, wenn einmal tatsächlich in größerem Umfang Zucker hergestellt werden soll. Solche Behälter hätte ich auch einmal bauen sollen, aber vorerst war es ja noch lange nicht so weit. Wir probierten ja alle noch, und hier im Keller war ja auch nicht so viel Platz."

---

[27] Der Rohrzucker, wie er von den Inseln der Karibik im 18. Jahrhundert nach Europa exportiert wurde, hatte meist eine bräunliche Färbung.

Der Schmied deutete auf ein anderes viereckiges Gefäß, über dem sich eine Rolle hin und her schieben ließ, an der scharfe Messer befestigt waren. Diese Rolle drehte sich, und die Messer waren dann in der Lage, die gesäuberten Rüben in dem Gefäß in kleine Schnitzel und letztlich zu Brei zu schneiden. „Für diese Maschine fehlte uns noch der Antrieb, denn mit Menschenkraft kann man das Werkzeug nicht betreiben, dazu ist die Arbeit zu schwer, wenigstens wenn man das im Großen betreiben will. Aber die Herren Karl und Gustav hofften, mit einem großen Mühlrad am Bach dieses Schneidegefäß antreiben zu können, wenn einmal nicht mehr in diesem Keller hier im Kleinen gearbeitet werden könnte."

Der Schmied führte seine Zuhörer nun zu einem Kupferkessel, in den von oben ein großer Rührlöffel hineinragte, der sich dank einer Mechanik mit mehreren Zahnrädern unaufhörlich drehen konnte, wenn er durch irgendeine Kraft angetrieben wurde. Hier im Keller waren es natürlich die kräftigen Arme des Schmiedes, die das besorgen mussten, aber später einmal, so erklärte Schorsch Jordan, als handele es sich um Selbstverständlichkeiten, werde auch diese Arbeit von der Kraft des Wassers des Dorfbaches erledigt werden können, viel größer natürlich.

„Nach dem Kleinschnitzeln der Rüben muss warmes Wasser beigefügt werden", setzte der Schmied seinen Vortrag so geläufig fort, als ob er ihn jede Woche vor Studenten habe halten müssen. „Das Umrühren muss dabei fleißig fortgesetzt werden. Die Herren Karl und Gustav waren sich noch nicht einig, ob dieses Auslaugen der Rüben im gleichen Kessel erfolgen könne, in dem sie auch klein geschnitzelt werden, oder ob das besser in einem anderen Behälter erfolgen müsse. Schließlich muss der dabei erzeugte Sud sorgfältig abgeleitet werden, er schmeckt schon ganz schön süß, meine Herren!"

„Aber in dem zurückbleibenden Mus der zerschnitzelten Rüben ist natürlich noch viel süße Feuchtigkeit enthalten, sie muss ausgepresst werden. Dazu habe ich mir diese Presse einfallen lassen, die man in diesem Behälter sehen kann." Damit führte Schorsch Jordan seine beeindruckten Zuhörer an ein weiteres rundes Gefäß, in das von oben eine durchlöcherte Scheibe hineingepresst werden konnte, wieder mit Hilfe einer Mechanik, die – nicht hier im Keller, aber später einmal in der erhofften Wirklichkeit – von der Kraft einer Wassermühle betrieben werden konnte.

„Und dann kommt die wichtigste Arbeit, gnädige Herren und gnädiges Fräulein", setzte der Schmied seinen Vortrag fort, „in diesem Kessel hier werden dem ausgezogenen Rübensaft verschiedene Ingredienzien zugefügt und kräftig umgerührt: Mit Kalk versetztes Wasser, Ochsenblut, Kohle aus Tierknochen und verschiedenen anderen Zutaten, doch die wissen nur die Herren von Saldern, die hier so lange darum geforscht haben. Und der viele Schaum, der dabei entsteht, muss sorgfältig abgeschöpft werden, denn darin sind die vielen Bestandteile, die später nicht in den Zucker gelangen sollten."

„Am Ende muss dann in diesem Behälter hier der einstige Rübensaft durch Wärme getrocknet werden, und wenn dann alles geklappt hat, kommt ein weißes Zeug heraus, wie die Herrschaften es hier in diesem

Glas sehen!" Damit deutete der Schmied Jordan auf das kleine Glasgefäß, das mitten zwischen Papier und Büchern auf dem Schreibtisch stand. Es war ja der Ausgangspunkt der ganzen Erklärungen der letzten Stunde gewesen.

5

„Ich kann mir nicht helfen, Schorsch", platzte Christoph von Saldern heraus, „was Er uns da eben alles erzählt hat, klingt ja wie eine Lehrstunde im Fach Chemie. An einigen sehr fortschrittlichen Universitäten kann man so was ja wohl heutzutage lernen, habe ich mir sagen lassen. Aus welchen Büchern hat Er denn die Anregungen zu den vielen Apparaten, die Er hier gebaut hat?"

„Lesen kann ich nicht, gnädiger Herr", gestand der Schmied etwas beschämt ein, „die Schule hier auf Gut Lichtenberg war zu meinen Zeiten nicht besonders gut, ich kann gerade meinen Namen schreiben. Aber in einigen Büchern, die mir der Herr Gustav gezeigt und erklärt hat, waren Bilder, die konnte ich mir zum Vorbild nehmen. Der Herr Gustav war auch gut im Zeichnen, und er hat selbst verschiedene Blätter mit Apparaten gezeichnet und mir gegeben. Einige davon musste ich aber verändern, weil sie so nichts leisten konnten, wie sich der Herr Gustav das gedacht hatte."

Verblüfft sahen sich die drei Salderns an, überwältigt von der Erkenntnis, dass hier offensichtlich ein Analphabet geradezu bahnbrechende praktische Erfindungen gemacht hatte, in einem technischen Wissensbereich der Mechanik, von dem vermutlich kaum ein studierter Herr von Adel in ganz Preußen überhaupt eine Ahnung hatte.

Wieder war es Christoph, der jetzt im Verhältnis der drei Adligen zu einem erbuntertänigen Dorfschmied einen Schritt unternahm, der hierzulande wohl bisher noch nicht vorgekommen war.

Vielleicht war es so, dass der junge Jurist an seiner Universität in Frankfurt an der Oder, noch aus dem Mittelalter mit dem Namen Viadrina benannt, manche Ideen gehört hatte, die jetzt in den letzten zehn Jahren von jenseits des Rheins, aus Frankreich, in das Heilige Römische Reich deutscher Nation hinüber schwappten. Die Königsmörder in Frankreich hatten nicht nur das unverzeihliche Verbrechen begangen, ihren eigenen König durch die Guillotine hinrichten zu lassen, nein, sie hatten auch die aufregende Parole erfunden „Freiheit, Gleichheit, Brüderlichkeit". Gemeint war das für das g e s a m t e Volk. Und in Frankreich waren in den letzten zehn Jahren auch alle die vielen Privilegien des dortigen Adelsstandes verschwunden.

Die meisten dieser Privilegien starben allerdings mit dem Blut, das in Frankreich zeitweise wie mit Eimern aus den Körpern floss, wenn die Guillotinen hunderten von Adligen und Bürgern den Kopf abschnitten. Diese Untaten der Revolutionäre in Frankreich waren es, die in Deutschland die meisten Menschen erschauern ließ, wenn sie von Vorgängen in Frankreich hörten und die die so interessanten Worten von der „Freiheit und Gleichheit und Brüderlichkeit" unglaubwürdig machten. Doch ganz vergessen waren diese Leitworte auch in Deutschland nicht, wenigstens nicht bei einigen Philosophen und Professoren. Allerdings wurden solche Meinungen nur sehr vorsichtig und im Verborgenen geäußert, aber der eine oder andere Student mochte sie durchaus mitbekommen haben.

War der junge Jurist Christoph von Saldern einer dieser Studenten gewesen, die etwas von der Parole der „Freiheit, Gleichheit und Brüderlichkeit" der französischen Revolutionäre gehört hatten?

Christoph von Saldern reichte plötzlich dem Gutsschmied Schorsch die Hand und sagte: „Herr Jordan, Sie sind es wert, dass man Sie ‚siezt', nehmen Sie's mir nicht übel! Was Sie als Mann aus einer erbuntertänigen Familie in Preußen mit diesen Erfindungen hier geleistet haben, muss wohl so viel wert sein, wie ein Adelstitel oder ein Orden ‚Pour le mérite'[28]. Ich habe kein Recht, Ihnen so etwas zu verleihen, aber ich reiche Ihnen die Hand als einem Menschen, den ich als Adliger als mir gleichwertig ansehen darf. Ihr Geist ist es, der Sie adelt!"

Völlig verblüfft wich der Dorfschmied zurück. „Aber, gnädiger Herr - - Sie können doch nicht - - das ist doch..."

---

[28] Hoher preußischer Orden, 1740 von König Friedrich dem Großen gestiftet, zunächst nur für Offiziere, seit 1840 als Orden für Kunst und Wissenschaften zusätzlich gestiftet, wird noch heute verliehen.

Ein Blick auf die Gesichter seiner Gutsherrschaft, des Herrn Leutnants Albrecht von Saldern und seiner Schwester, des Fräuleins Charlotte von Saldern, zeigte dem überraschten Schmied jedoch, dass er offenbar nicht falsch gehört hatte. Denn dort sah er nicht etwa Abscheu und Ablehnung über die Worte des Herrn Christoph von Saldern, sondern Zustimmung, je Bewunderung. Und so ergriff denn der Dorfschmied Schorsch Jordan die rechte Hand des Herrn Christoph von Saldern, die ihm entgegen gestreckt wurde, wortlos, denn vor Bewegung konnte er nicht sprechen, und Tränen traten ihm in die Augen.

6

Wieder war es Charlotte von Saldern, die nach diesen für alle Beteiligten aufregenden Minuten Worte fand, die den Weg zurück in die Realität dieses Abends weisen konnten. Denn über den verschiedenen Besuchen der beiden Reiter hier auf Gut Lichtenberg – erst beim Gutsherren, dann bei der Mutter und der Schwester und schließlich mit den geradezu unglaublichen Eröffnungen im Keller des Gutes – waren viele Stunden vergangen, ohne dass die Beteiligten es wahr genommen hatten.

„Leute" meldete sich plötzlich in sehr burschikoser Form das Fräulein Charlotte zu Wort, „ich habe Hunger, ich glaube, es ist ja schon Abend. Lasst uns doch alle zusammen nach oben gehen und etwas essen. Unsere Küche muss ja wohl was vorrätig haben, damit wir nicht verhungern." Und schon ergriff sie ihren Bruder Albrecht und ihren entfernten Vetter Christoph an den Ärmeln und zog sie aus dem Laboratoriumskeller, nicht ohne dem Schmied Schorsch einen deutlichen Wink zu geben, sich dem Abmarsch aus dem Keller anzuschließen.

Oben im Salon machte Charlotte von ihrem nie deutlich ausgesprochenen, aber von allen seit Jahren beachteten Privileg Gebrauch, als Hausfrau über Küche und Haushalt verfügen zu können. Sie wies eine Magd des Gutes an, für vier Personen im Salon zu decken und als Abendessen zu servieren, was in der Küche gerade verfügbar war.

„Sie, Schorsch, kommen mit uns und essen mit uns", befand sie mit einer Stimme, die keinen Widerspruch zuließ. „Sie haben uns ja noch so viel zu erzählen, und wir möchten auch noch viel mehr über das Verhältnis der Herren Karl und Gustav wissen, denn der Mord an unserem Herrn Karl ist ja immer noch nicht geklärt, nicht wahr, lieber Herr Vetter Christoph ?"

Für den Dorfschmied waren die Ereignisse der letzten Stunden, vor allem der Handschlag mit einem Adligen, wohl so umstürzend gewesen, dass er wortlos, ja geradezu willenlos, alles mit sich geschehen ließ, was seine Gutsherren von ihm wollten.

Georg Jordan saß zum ersten Mal in seinem Leben im Schloss seines Gutshofes an einem großen Tisch, der mit einem Damast-Tischtuch bedeckt war, mit mehreren Tellern und Gläsern, mit Messer, Gabel und Löffel, die man vor ihn legte, mit einer sorgfältig gefalteten Serviette, die er wie seine Tischgenossen vorsichtig entfaltete und nach ihrem Vorbild mit einer

Ecke in den Ausschnitt seines Hemdes steckte. Wie unten im Laboratoriums-Keller war der Schmied offenbar auch hier im Salon so anpassungsfähig und aufnahmebereit für Neues, dass ihm keine Fehler unterliefen, wenigstens keine, die seine neuen Freunde aus der Adelsfamilie der Salderns ihm irgendwie anzukreiden schienen.

Mit feinem Gespür für die Stimmung ihrer ungewohnten Gäste übernahm das junge Fräulein Charlotte am Tisch auch die Rolle als Dirigentin des Gesprächs. Indem sie mal diesen, mal jenen Tischgenossen ansprach – und dabei den Schmied Schorsch nicht ausließ – schuf sie eine entspannte Atmosphäre bei diesem Essen, die sie alle auch wahrlich nötig hatten. Denn für alle vier hatten ja die letzten Stunden völlig umwerfende Neuigkeiten gebracht, die sie erst einmal im Kopf und im Gemüt verarbeiten mussten. Da waren zum Übergang Gesprächsthemen am passendsten, die nichts mit dem zu tun hatten, was sie alle erst vor ganz kurzem so sehr beschäftigt hatte.

Mit der Neugier eines jungen Mädchens fragte Charlotte ihren Gast Christoph nach seinen Studien an der brandenburgischen Landesuniversität Viadrina aus. Und als sie erfuhr, dass der Vetter zwischen dem Ende seines Studiums und der ja erst kürzlich erfolgten Rückkehr auf das elterliche Gut noch einige Wochen in Berlin verbracht hatte, drang sie in ihn, doch genau zu erzählen, wie es in der preußischen Landeshauptstadt aussah.

Denn das war wohl der Inbegriff von Fortschritt und Eleganz, was sich eine junge Adlige vom Lande vorstellen konnte. Natürlich war sie selbst noch nie dort gewesen, aber sie hätte schon gerne einmal einen Blick auf das königliche Schloss geworfen und vielleicht sogar Seine Majestät, den König, höchstpersönlich gesehen – eine unerfüllbare Hoffnung für ein Mädchen vom Lande, wie sie verschämt kichernd gestand.

Christoph von Saldern ließ sich gerne auf das angeregte Gespräch mit der jungen Frau ein, die – wie er fand – mit ihrem hübschen Gesicht und ihrem Charme einen jungen Mann sehr wohl verführen konnte.

Vielleicht hätte der junge Jurist gerne diese angenehmen Gedanken noch weiter gesponnen, doch die Gastgeberin hatte inzwischen – etwas sprunghaft, dachte Christoph, – das Gespräch wieder auf den eigentlichen Anlass zurück gebracht, der sie überhaupt hier an diesen Tisch geführt hatte.

„Das muss doch viel Geld gekostet haben, was da unten im Keller entstanden ist und was die beiden Herren Karl und Gustav alles noch vorhatten!" sagte Charlotte etwas in Gedanken verloren. „Ich habe mich ja, wie ihr wisst, nie mit der Führung dieses Gutes beschäftigt, und ich hätte es ja auch nie gedurft. Aber eines weiß ich ziemlich sicher, dass Lichtenberg nie ein reiches Gut war, aus dem man so locker einige tausend Taler hätte herausziehen können."

„Das stimmt, Charlotte", meinte Leutnant Albrecht, „darüber habe ich mir überhaupt noch keine Gedanken gemacht. Aber Du, Charlotte, hast wieder mal einen ganz wichtigen Punkt gefunden. Und das Schlimme ist, dass wir niemanden danach fragen können. Unser Vater hat ja, wie wir leider wissen, schon lange keine Ahnung mehr von unserem Gut, und Karl ist tot. Wer soll denn jetzt sich um den Hof und das Dorf und die Ernten - - und um das Geld von Gut Lichtenberg kümmern ? Ich kann es nicht, ich muss ja in wenigen Tagen wieder zurück in meine Garnison in Halle."

„Haben Sie, lieber Schorsch, nicht irgend etwas gehört bei den Gesprächen der Herren Karl und Gustav untereinander, was mit Geld zu tun hatte ?" Innerlich zuckte der Dorfschmied noch zusammen bei der Anrede mit dem herrschaftlichen „Sie", doch Charlotte hatte das mit dem vertrauten „lieber Schorsch" entschärft.

„Davon weiß ich nichts, gnädiges Fräulein", sagte der Schmied bedächtig. „Aber ich entsinne mich, dass vor längerer Zeit einmal die Rede war von einer Eingabe an den König, die die beiden Herren zusammen verfassen wollten. Vielleicht hatte das etwas mit Geld zu tun."

„Das ist doch eine viel versprechende Spur", schaltete sich nun wieder der Jurist Christoph in das Gespräch ein. „Morgen früh sollten wir als Allererstes den Schreibtisch unten im Keller durchsuchen, ob wir da irgend etwas Schriftliches in diesem Zusammenhang finden können."

„Und dann fahren wir alle zusammen nach Gut Wulkow", entschied Charlotte, als ob sie die Gutsherrin sei. „Wir müssen alle vier dorthin, die beiden Herren sowieso, und unser Schorsch muss mit, weil er der einzige ist, der den Herrn Gustav auf Wulkow näher kennt und der über die ganzen Sachen mit den Rüben und dem Zucker Bescheid weiß. Und ich will unbedingt auch mit, ich würde umkommen vor Ungewissheit, wenn ich hier zu Hause sitzen und warten müsste, was ihr dort herausfindet."

Dieser gutsherrlichen Befehlsgewalt hatten die beiden männlichen Salderns nichts entgegenzusetzen, stattdessen nickten sie nur stumm. Und dem Gutsschmied Schorsch war nun ohnehin schon alles egal, was mit ihm passierte. „Wisst ihr was", befand das junge Fräulein Charlotte, „ich sage heute Abend noch unserem Kutscher Fritz Bescheid, dass er uns morgen früh mit der Kutsche nach Wulkow fahren soll; vielleicht ist es ganz gut, wenn wir dort noch einen kräftigen Mann mehr bei uns haben. Schließlich suchen wir dort doch einen Mörder!"

# V

## 1

Gleich nach einem hastigen Frühstück der drei Salderns im Salon von Gut Lichtenberg schickte Charlotte eine Magd zum Schmied, er möge doch schnell herüber kommen und den Laboratoriumskeller wieder aufschließen, denn gestern Abend hatte Schorsch ihn mit dem großen Vorhängeschloss wieder sorgfältig abgesperrt; schließlich sollte niemand Unbefugtes dort herumschnüffeln.

Eine gemeinsame Suche auf dem Schreibtisch förderte zwischen den vielen Zetteln mit Zeichnungen und Aufstellungen und Büchern schließlich ein Blatt zutage, das dem Leutnant Albrecht, der es als erster entdeckt hatte, wichtig erschien. Es wies zwar verschiedene Tintenkleckse auf und schien daher nur ein Entwurf zu sein. Aber schon die Adresse: „An die Kanzlei Sr. Majestät des Königs von Preußen" klang vielversprechend. Resolut entschied Charlotte: „Das müssen wir uns oben bei besserem Licht genauer ansehen. Kommt alle mit." Damit zog sie die selbst ernannte Untersuchungskommission in die Bel Etage [29] und in den Salon.

Das Papierblatt, das dann der studierte Christoph für alle laut vorlas, war tatsächlich höchst aufschlussreich. Es enthielt ein Gesuch an den preußischen König, mit dem um eine finanzielle Unterstützung für ein

---

[29] Etwas erhöht liegendes Erdgeschoss eines Hauses

Vorhaben gebeten wurde, das für den König und seine Untertanen auf längere Sicht von größtem Vorteil sein könne. Kurz, aber relativ verständlich wurden darin die Experimente geschildert, die auf dem Gut Lichtenberg zur Erhöhung des Zuckergehalts in Runkelrüben und zur Extraktion dieses Zuckergehalts aus den Rüben und Verwandlung in ein preiswertes Volksnahrungsmittel betrieben wurden. Die jahrelangen Experimente hätten die Leistungsfähigkeit des Gutes Lichtenberg an den Rand des Ruins gebracht und müssten doch unbedingt fortgesetzt, ja ausgeweitet werden, weil man den Erfolg greifbar nahe sehe.

„Was schreibt denn mein Bruder von seinem Vetter, dem Herrn Gustav von Saldern auf Wulkow?" fragte Leutnant Albrecht „Wir wissen doch inzwischen, dass der mindesten genauso stark am bisherigen Erfolg beteiligt war." Christoph drehte das Blatt, das er in der Hand hielt, hin und her, um auch die Unterschrift zu suchen. Die fehlte, wohl weil dieses Blatt ja nur ein Entwurf zu sein schien. „Ich finde hier kein Wort über den Herrn Gustav; euer Bruder Karl hat ihn offenbar im Brief an den König verschwiegen."

Kurze Zeit schweigen alle vier, dann platzte das Fräulein Charlotte heraus: „Wenn das kein Motiv für einen Mord ist!" Und nach kurzer Zeit des weiteren Überlegens fragte sie den Schmied Jordan: „Schorsch, Sie kennen ja als einziger von uns den Herrn Gustav. Ich habe ihn nur ein oder zweimal ganz kurz gesehen, wenn er hierher zu Besuch kam, und du, Albrecht, hast ihn wahrscheinlich nie zu sehen bekommen, und Sie, Herr Vetter, erst recht nicht. Was war der Herr Gustav für ein Mensch? Ist ihm ein Mord zuzutrauen?"

Eine solche Frage war dem Schmied Schorsch völlig unvorstellbar. Ein Adliger sollte einen Mord begehen können ? Aber als er sah, wie ihn seine drei Gesprächspartner neugierig anschauten und auf eine Antwort warteten, meinte er schließlich vorsichtig: „Na ja, etwas seltsam war der Herr Gustav wohl schon. Mir hat er immer geduldig seine Zeichnungen und Vorstellungen für die Verarbeitung der Rüben erklärt. Aber er konnte wohl auch jähzornig sein, wenn ihm was nicht passte. Mit dem Herrn Karl hat er sich schon manchmal gestritten, gerade in letzter Zeit."

„Wissen Sie, Schorsch, worum es dabei ging, wenn die beiden sich stritten ?" fragte der Jurist Christoph. Nein, das hatte der Schmied nicht mitbekommen, denn immer, wenn ein solcher Streit ausbrach, hätten die beiden Gutsherrn ihn aus dem Keller und zurück in seine Schmiede geschickt. In den letzten Monaten sei das öfter vorgekommen, erklärte der Schmied.

„Nun, ich glaube, erst mal wissen wir genug", entschied jetzt Christoph, der sich innerlich inzwischen als Anführer der kleinen Untersuchungskommission betrachtete. „Dann wollen wir mal schnell nach Wulkow fahren, wie Sie, liebes Fräulein Charlotte es gestern Abend so freundlich angeordnet haben. Ich bin überzeugt, dort finden wir die Aufklärung der Frage, die uns jetzt so bewegt."

# 2

Die Fahrt mit der offenen Kutsche vom Gut Lichtenberg zum Gut Wulkow dauerte nur eine Dreiviertelstunde. Es war bequem, in gepolsterten Sitzen sich von zwei munter trabenden Rossen ziehen zu lassen, ohne selbst reiten oder sich mit dem Lenken des Wagens abgeben zu müssen.

Und es war höchst erfreulich – so empfand es jedenfalls der junge Christoph von Saldern – , dass er dies neben der munter plaudernden hübschen Charlotte tun durfte. Von ihm aus hätte die Fahrt noch viel länger dauern können. Mehrmals musste er sich beherrschen, nicht seine Hand auf die der neben ihm sitzenden jungen Frau zu legen, wenn sie ihn mit freundlichem, manchmal sogar schelmischem Blick ansah. Offenbar war dieser Besuch auch ihr nicht unwillkommen.

Das Gespräch zwischen den vier Passagieren der Kutsche – auch Schorsch Jordan hatte trotz seines Protestes auf einem der vier Sitze Platz nehmen müssen und sollte nicht vorne auf dem Bock neben dem Kutscher sitzen – plätscherte hin und her. Den eigentlichen Zweck der Fahrt umgingen alle Insassen zunächst, vielleicht, weil ihnen bewusst war, dass der Besuch auf Gut Wulkow wohl nicht so friedlich verlaufen werde, wie der auf Gut Lichtenberg.

Die Felder rund um den Gutshof sahen etwas verwahrlost aus, das bemerkten sogar die landwirtschaftlichen Laien, die beiden männlichen Salderns. Und das Gutsgebäude wirkte geradezu heruntergekommen. Zunächst war auch keiner von den

Bediensteten zu sehen, als die Kutsche in den Hof des Gebäudekomplexes einfuhr und die Fahrgäste ausstiegen. Doch der Lichtenberger Kutscher Fritz wusste Bescheid, er war schon einige Male hier auf dem Hof des Nachbargutes gewesen, um etwas abzugeben oder eine Nachricht seines Herren Karl an den Vetter Gustav zu überbringen. Er fuhr denn auch gleich die Kutsche zu einer offenen Remise, um sie dort abzustellen, und machte sich daran, die Pferde abzuschirren.

Das Tor des Gutshauses war verschlossen, es dauerte eine ganze Weile, bis nach lautem Klopfen der Besucher von innen der Schlüssel herumgedreht wurde und ein Türflügel sich öffnete. Doch das war keine Einladung an die Besucher, einzutreten. Stattdessen schob sich der Kopf einer älteren Frau mit einem verschossenen, einst bunten Kopftuch hindurch. Erst musterte sie die vier vor der Tür stehenden Ankömmlinge streng und fragte dann unhöflich: „Was wollen Sie ?"

Der Schmied Jordan erhielt von Charlotte von Saldern einen Puff und begriff, dass er jetzt in Aktion treten müsse: „Kennst du mich nicht mehr, Trine ?" fragte er in entschiedenem Ton. „Ich bin doch der Schmied Schorsch vom Gut Lichtenberg und schon oft hier beim gnädigen Herrn Gustav gewesen. Die Herrschaften aus Lichtenberg möchten ihn gerne sprechen."

Doch statt nun die Tür zu öffnen und die Besucher eintreten zu lassen, wie es die normale Pflicht einer Gutsmagd gewesen wäre, rief sie mit schriller, fast keifender Stimme: „Der Herr ist nicht da, er ist weggeritten." Und damit versuchte sie, die Tür wieder zu schließen. Doch der kräftige Schmied packte den halb geöffneten Flügel und hielt ihn fest.

Von der untersten Stufe der Eingangstreppe des Gutshauses mischte sich plötzlich der Lichtenberger Kutscher Fritz ein. Mit lauter Stimme rief er: „Das kann nicht sein. Ich habe doch eben im Stall den Braunen des gnädigen Herrn Gustav gesehen, als ich meine Pferde unterstellte. Er muss zuhause sein."

Der Schmied Jordan erhielt einen erneuten Puff in den Rücken und fasste dies völlig richtig auf, dass er nun mit seiner Kraft den Besuchern Eingang in das Gutshaus verschaffen müsse. Ein paar Augenblicke später standen die vier Lichtenberger im Flur des Gutshauses. „Wo ist Herr Gustav ? Heraus mit der Sprache , Trine !" herrschte der Offizier Albrecht die Hausmagd an. Störrisch und zugleich erschrocken schwieg die alte Frau.

„Ich weiß, wo er sich wohl aufhält", ließ Schorsch von sich hören. „Er ist bestimmt in seinem Studierkeller, ich war schon mehrmals dort unten bei ihm."

Während er seinen Herrschaften den Weg in den Keller wies, flüsterte Christoph den anderen drei eindringlich zu: „Das ist ein deutliches Zeichen für sein schlechtes Gewissen, dass er sich vor uns verleugnen lässt und sich dort unten versteckt. Wenn wir ihn sprechen, lasst erst mich reden. Vielleicht bekomme ich durch den ersten Schrecken über unser Erscheinen etwas aus ihm heraus, was er sonst vielleicht leugnen würde."

An einer Tür im Kellergang hielt der Schmied an und sagte leise: „Das ist der Raum, hinter dem der Herr Gustav seine Forschungen treibt." Entschlossen griff Christoph nach der Klinke und klopfte zugleich laut an die Tür. „Herr von Saldern, lassen Sie uns ein. Wir sind die Salderns von Lichtenberg und haben Ihnen eine wichtige Nachricht zu überbringen."

Doch kein Ton war zu hören, und die Tür ließ sich auch nicht öffnen. Erneut klopfte Christoph sehr nachdrücklich an die Tür und wiederholte seine Botschaft. „Wenn das kein Eingeständnis seiner Schuld ist", flüsterte er den anderen zu. „Jetzt muss wieder unser Schorsch ran. Aber wenn wir mit dem Herrn Gustav sprechen, erst mal kein Wort von einem Mord oder einem Verbrechen! Lasst mich reden!"

Der Lichtenberger Schmied hatte inzwischen im Kellergang gesucht und gefunden, was er jetzt brauchen konnte, einen kräftigen Holzbalken, der dort herumgelegen hatte. Mit dem bewaffnet, bearbeitete er das Türschloss, das tatsächlich nach wenigen Schlägen sich öffnen ließ und den Eintritt in das Kellerversteck auf Gut Wulkow freigab.

Die selbst bestellte Untersuchungskommission für den Mord auf Gut Plattenburg betrat den Raum.

3

Der Kellerraum auf Gut Wulkow war viel kleiner als der in Lichtenberg. Auf den ersten Blick herrschte hier die gleiche Unordnung wie dort. Ein Schreibtisch stand in einer Ecke, übersät mit Papieren und Büchern, ein paar Regale, ebenfalls mit Büchern und gerollten Plänen gefüllt, und mancher Müll dazwischen. Die eine Kerze auf dem Schreibtisch erhellte den Raum nur ungenügend.

Auf einem Drehhocker vor dem Schreibtisch saß ein Mann mittleren Alters, der die Eintretenden erschrocken ansah. Er hatte ungepflegtes graues Haar und trug eine Art Morgenmantel. Das soll der Herr Gustav von Saldern auf Gut Wulkow sein, dachte Christoph. Er hätte sich ihn ganz anders vorgestellt. Hier sah er aus wie ein verschrobener Einsiedler, der er ja wohl in Wirklichkeit auch war. Wie ein kaltblütiger Mörder wirkte er ganz und gar nicht.

Seinen Schrecken versuchte der Herr Gustav aber zu verbergen, indem er laut rief: „Was fällt Ihnen ein, hier plötzlich mit Gewalt in meine Privatgemächer einzudringen ? Ich dulde das nicht !"

„Ich bitte um Entschuldigung, Herr von Saldern", versuchte Christoph die Situation zu entschärfen. In höflichem Ton fuhr er fort: „Erlauben Sie, dass ich mich vorstelle. Ich bin Christoph Friedrich von Saldern auf Plattenburg, der Sohn des Herrn Georg Wilhelm, dem Sie selbst vor fünf Tagen auf der Plattenburg zum Geburtstag gratuliert haben. Und das sind der Herr Leutnant Albrecht von Saldern auf Lichtenberg und seine Schwester Charlotte, die Geschwister des Herrn Karl von Saldern, den Sie ja gut kennen. Leider müssen wir Ihnen die traurige Nachricht überbringen, dass der Herr Karl nicht mehr am Leben ist. Haben Sie davon schon etwas gehört ?"

Falls Christoph gehofft hatte, der Herr Gustav würde sich verraten, indem er etwa zugab, von diesem Tod zu wissen, wurde diese Hoffnung enttäuscht. Der Mörder war offenbar doch schlauer als man erwarten konnte.

„Davon weiß ich nichts" erklärte der Grauhaarige auf seinem Stühlchen resolut. „Ich habe zwar den Herrn Karl gut gekannt, und es tut mir leid, wenn er tot ist. Aber ich habe damit nichts zu tun."

„Das habe ich ja gar nicht behauptet", antwortete Christoph geistesgegenwärtig – in seinen Gedanken fügte er hinzu: „bis jetzt noch nicht": Laut fuhr er fort: „Warum nehmen Sie an, verehrter Herr Vetter, dass jemand mit seinem Tod zu tun haben könnte ? Wussten Sie denn, dass der Herr Karl einem abscheulichen Verbrechen zum Opfer gefallen ist ? Man hat ihm auf der Plattenburg die Kehle aufgeschlitzt, wahrscheinlich mit einem Messer oder einem Kavaliersdegen [30]".

Wieder erwies sich der Wulkower Herr von Saldern als schlauer als erwartet. „Natürlich weiß ich davon nichts, ich musste es nur annehmen, weil Sie hier so wie Einbrecher in meine Studierstube eindringen, gleich zu viert, um mir das Ableben meines Vetters mitzuteilen. Das tun Sie doch nicht nur aus bloßer Anteilnahme am Ableben des Herrn Karl."

„Das ist richtig, lieber Vetter", setzte Christoph seine Versuche fort, durch seine Verhörmethode ein

---

[30] Kavaliersdegen, relativ kleine Säbel, wurden von Adligen , Zivilisten wie Offizieren, bis ans Ende des 18. Jahrhunderts als Zubehör zur Straßen- oder Ausgehtracht getragen, an einem Schulterband („Port-Epée") über dem Mantel oder Rock. Sie dienten kaum je dem Kampf, sondern waren praktisch nur noch ein Ausweis, dass der Träger dem einstigen „Ritterstand" angehörte.

unbedachtes Geständnis des Mörders hervorzulocken. „Wir nahmen nur an, dass Sie neulich auf der Plattenburg einer der letzten Menschen waren, die mit dem Herrn gesprochen haben dürften; deswegen sind wir gekommen, uns bei Ihnen zu erkundigen. Darf ich höflich fragen, wo Sie Ihren Kavaliersdegen haben, Herr von Saldern ? Darf ich ihn mir einmal ansehen ?"

„Kavaliersdegen – so etwas habe ich nicht !" war die überraschende Antwort. „Aber jeder Adlige hat doch so einen Garderobeteil", entgegnete Christoph, „selbst wenn er heutzutage nicht mehr regelmäßig getragen wird." - „Ich habe trotzdem keinen !" war die trotzige Antwort des Befragten.

„Und was ist das hier ?" meldete sich plötzlich aus dem Hintergrund des Kellerraums die junge Frau Charlotte. Sie hatte während des Disputs der beiden Männer unauffällig die Regale und Ablagen durchstöbert und zog nun unter einem Wust von Papieren einen kleinen Degen in der Scheide hervor, der dort versteckt gelegen hatte.

4

Für eine Minute herrschte Schweigen unter den fünf Menschen, die den kleinen Kellerraum bevölkerten. Dann begann der Jurist Christoph von Saldern seine Verhörtaktik umzustellen. „Warum leugnen Sie, Herr Vetter, einen Kavaliersdegen zu besitzen, wenn Sie ihn doch hier in Ihrem Schlupfwinkel versteckt haben ? Ich sage es Ihnen jetzt auf den Kopf zu: Wir halten Sie für den Mörder Ihres Vetters Karl vom Gut Lichtenberg!"

„Beweisen Sie es!" war die mehr gestammelte als klar ausgesprochene Antwort des Beschuldigten. „Wir haben viele Beweise, sehr verehrter Herr Vetter!" Der Referendarius Christoph von Saldern holte in seinem Kopf alles zusammen, was er noch vor nicht allzu langer Zeit auf der Universität in Frankfurt an der Oder über das Strafrecht und den Ablauf eines Strafgerichtsprozesses gelernt hatte.

„Der erste Beweis ist dieser Kavaliersdegen, dessen Existenz Sie geleugnet haben, den wir aber trotzdem hier in Ihrem Keller gefunden haben." Damit nahm er Charlotte das Corpus delicti aus der Hand und zog den recht kurzen Degen aus seiner Scheide. „Hier sehe ich auch noch Blutspuren auf der Degenklinge. Sie dürften aus der Kehle des Herrn Karl von Saldern stammen, die Sie in Ihrer Wut mit diesem Degen durchschnitten haben."

„Wir wissen inzwischen auch, weswegen Sie diesen Mord begangen haben" fuhr Christoph mit seiner Anklagerede fort. „Vielleicht war es auch nur ein Totschlag, weil Sie durch das Verhalten Ihres Partners Karl auf Höchste provoziert worden sind. Sie sehen, Herr Vetter, dass wir schon sehr viel über Ihre Beziehungen zum Herrn Karl und dem Gut Lichtenberg und über Ihre Forschungen zum Zucker wissen, den Sie einmal aus den Rüben ziehen möchten. Leugnen Sie nicht, denn wir haben im Keller in Lichtenberg diesen Briefentwurf Ihres Vetters Karl gefunden, in dem er den König um eine Finanzhilfe ersucht, Sie und Ihren Anteil an den Forschungen zur Zuckererzeugung aus

Rüben aber mit keinem Wort erwähnt." Damit zog der Jurist das Blatt aus seiner Brusttasche hervor, das er seit dem heutigen Morgen dort aufbewahrt hatte.

„Und ich habe hier auch noch einen weiteren Hinweis, dass Sie auf der Plattenburg vor fünf Tagen mit dem Herrn Karl von Saldern handgreiflich geworden sind." Damit nestelte er in seiner Hosentasche nach dem Portemonnaie, in dem er seine Taler und Groschen stecken hatte, aber auch den Papierschnipsel, den er zwischen den von der Todesstarre steifen Fingern des Toten auf der Plattenburg geradezu heraus gebrochen hatte.

„Geben Sie zu, Herr Vetter, dass der Rest dieses Papiers jetzt in Ihrem Besitz ist !" Damit hielt Christoph dem Wulkower Saldern den Papierschnipsel unter die Nase. „Wir werden jetzt Ihren Schreibtisch hier und Ihren ganzen Keller gründlich durchsuchen, nach einem Bescheid aus der königlichen Kanzlei in Berlin. Vermutlich hat der Herr Karl Ihnen bei Ihrem Streit neulich auf der Plattenburg diesen Brief gezeigt, vielleicht hat er prahlen wollen, und Sie haben das nicht ertragen können, Sie haben ihm den Brief entrissen und dann haben Sie Ihren Kavaliersdegen gezogen und dem ungetreuen Partner damit die Kehle durchgeschnitten. War es so, Herr Gustav von Saldern ?"

Der Beschuldigte antwortete nicht mit Worten, sondern machte Anstalten, sich vor seinen Schreibtisch zu stellen, um eine Durchsuchung der darauf liegenden Papiere zu verhindern. „Bitte, Albrecht, halte diesen Mann fest", ordnete Christoph an, „damit er uns nicht behindert. Das Fräulein Charlotte und ich werden jetzt hier alles genau durchsuchen."

Wenige Minuten später zog Christoph triumphierend einen großen Papierbogen unter allen möglichen Zetteln hervor. „Hier ist der Beweis ! Es ist ein Schreiben der königlichen Kanzlei in Berlin an den Herrn Gutsbesitzer Karl Albrecht von Saldern, Hochwohlgeboren, auf Gut Lichtenberg in der Grafschaft Ruppin; oben fehlt aber eine Ecke, es ist genau die, die ich zwischen den Fingern des Toten auf der Plattenburg gefunden habe."

Der Leutnant Albrecht hielt noch immer seinen entfernten Vetter zwischen den kräftigen Fäusten, doch der schien es aufgegeben zu haben, sich gegen ein wohl unabwendbares Schicksal zu wehren. Wie alle anderen Anwesenden in diesem düsteren Kellerraum hörte er stumm zu, als Christoph dann den Wortlaut des Schreibens aus der Kanzlei des preußischen Souveräns verlas.

Mit wohlwollenden Worten wurde darin das Bemühen des Gutsbesitzers gelobt, ein wichtiges Nahrungsmittel aus heimischer Erzeugung herzustellen. In Anerkennung dieses Bemühens werde der König aus seiner Privatschatulle [31] dem Herrn Karl von Saldern 3000 Taler pr. [32] überweisen lassen. Auch ein Datum stand unter der königlichen Anweisung, sie war am 20. August 1799 ausgefertigt worden, also genau einen

---

[31] Private Einkünfte oder Vermögen des Königs; daraus wurden noch im 18. Jahrhundert Ausgaben getätigt, die nicht im sehr beschränkten Staatshaushalt vorgesehen waren. Daraus entstanden u.a. Ansätze zur staatlichen Förderung der Wirtschaft.

[32] „Taler pr.": nach dem in Preußen gültigen Wert der Taler-Münzen, die in den verschiedenen souveränen Herrschaften des „Heiligen Römischen Reiches deutscher Nation" bis ins 18. Jahrhunderts verschiedenen Wert hatten.

Monat vor dem Geburtstag, den der Majoratsherr der Plattenburg gefeiert hatte. Der Brief musste kurz zuvor in Lichtenberg angekommen sein.

## 5

„Er war ein Schuft, dieser Karl", ließ sich auf einmal der Gutsherr von Wulkow vernehmen, „wie viele Jahre haben wir zusammen geforscht und probiert und Geld ausgegeben. Ohne das, was ich dafür geleistet habe, wären die Lichtenberger Rüben immer noch das, was sie ursprünglich einmal waren: Futter für das Vieh. Erst durch mich und mein Wissen ist Karl überhaupt darauf gekommen, die Rüben so zu züchten, dass ihr Saft mehr Zucker enthielt als die normalen Futterrüben."

Albrecht ließ nach diesem überraschenden Beginn eines Geständnisses den Herrn Gustav los, den er bis dahin immer noch fest bei den Armen gepackt hatte. Nun strömte es aus dem Mund des Beschuldigten heraus: „Wir haben schon seit einem Jahr überlegt, den König um eine finanzielle Beihilfe zu bitten, weil weder das Gut Lichtenberg noch das Gut Wulkow in der Lage waren, die Gelder aufzubringen, die unsere Forschungen und die Herstellung der Geräte durch den Schmied Schorsch in Lichtenberg verschlungen haben."

Die Zuhörer wagten kaum zu atmen, als Gustav von Saldern weiter sein Geständnis ablegte: „Aber ganz anders als wir verabredet hatten, hat dieser Hundsfott von Vetter nicht etwa mit mir zusammen das Gesuch an den König entworfen, sondern es ohne mein Wissen verfasst und abgeschickt, und zwar, ohne meinen Anteil an den ganzen Erfindungen auch nur mit einem Wort zu erwähnen. Können Sie sich nicht vorstellen, wie schwer dies für einen Mann von Ehre zu ertragen ist?"

„Schon vor gut einem Monat, als ich das letzte Mal auf Lichtenberg war", setzte Karl von Saldern sein Geständnis fort, „da machte der Kerl Andeutungen, er werde bald Geld zur Fortsetzung seiner Züchtungen gehaltreicherer Rüben erhalten. Und als ich ihn fragte, wie es denn mit meinen Erfindungen von Gerätschaften zur Extraktion des Zuckers aus den Rüben sei und mit meinen chemischen Grundsatzforschungen, da lachte der Kerl bloß und meinte, das werde sich schon finden."

„Und als Sie ihn vor ein paar Tagen anlässlich des Geburtstags meines Herrn Vaters auf der Plattenburg trafen, wie war das da?" ermunterte der selbst ernannte Untersuchungsrichter Christoph von Saldern den Beschuldigten, seinen Bericht fortzusetzen.

„Wir sahen uns ja bei dem offiziellen Diner im Rittersaal der Plattenburg. Karl erzählte mir dort, er habe mir was Wichtiges mitzuteilen, wir sollten uns nach dem Diner in seiner Schlafkammer in Anbau der Plattenburg treffen. Sein Bruder Albrecht, der dort mit ihm schlafen solle, werde nicht da sein, weil er gewissermaßen im Auftrag des Plattenburger Gutsherrn auf die Jagd gehen solle. Da könnten wir in Ruhe über alles sprechen."

„Ja, und weiter?" fragte Christoph. „Als wir uns dann dort trafen" berichtete Gustav weiter, „war um uns herum alles still, noch niemand schien an diesem

Tag früh schlafen gehen zu wollen. Dort in der Kammer hat er triumphierend einen Brief geschwenkt und gerufen: Nun hat alle Not ein Ende ! Der König habe ihm eine Beihilfe von 3000 Talern bewilligt."

„Was haben Sie denn darauf gesagt ?" fragte Christoph weiter. „Ich habe ihn gefragt, was denn mit meinem Anteil an den Erfindungen sei, die wir schließlich gemeinsam gemacht hätten. Da hat er nur gelacht und mir den Brief vorgelesen, den er aus dem Schloss des Königs in Berlin bekommen hatte. Von mir und meiner jahrelangen Arbeit und meinen Forschungen und dem vielen Geld, das ich da hinein gesteckt habe, war mit keinem Wort die Rede. Sie haben den Brief ja eben selbst gelesen. Da habe ich ihm den Brief aus der Hand gerissen und nach meinem Degen gefasst. Den Rest wissen Sie, Herr Vetter !"

# VI

## 1

Eine Weile blieb es darauf still im Keller des Gutes Wulkow. Denn allen war bewusst, dass damit der Fall des Mordes auf der Plattenburg eigentlich gelöst war. Dann sagte Christoph von Saldern mit entschiedener Stimme: „Herr Vetter Gustav von Saldern, es bleibt mir nicht anderes übrig, als Sie vorläufig festzuhalten. Sie müssen einem ordentlichen Gericht zugeführt werden, denn Sie haben einen Menschen getötet, wie Sie soeben gestanden haben. Ich bitte Sie, mir nach Neuruppin zu folgen, wo ein königlicher Richter seinen Sitz hat, soweit ich weiß."

Nach kurzer Pause fügte der Jurist Christoph hinzu: „Ich habe viel Verständnis für Ihr Verhalten, Herr Vetter. Der Herr Karl aus Lichtenberg hat Sie nach meiner Meinung sehr schofel behandelt. Statt Ihren Anteil an den gemeinsamen Forschungen richtig zu würdigen und auch das ihm zugesagte Geld mit Ihnen zu teilen, hat er dem König gegenüber so getan, als sei er der einzige Urheber einer Erfindung, die einmal für alle Untertanen der preußischen Monarchie von großer Bedeutung sein kann. Zucker aus heimischen Produkten herzustellen und ihn nicht mehr für teures Geld aus Übersee einführen zu müssen, wäre sicher auf längere Sicht sehr vorteilhaft für das Wohlergehen der Menschen unter der preußischen Krone. Und von unserem hoch verdienten Schmied hier, dem Herrn Georg Jordan aus Lichtenberg" – Christoph betonte sehr nachdrücklich die Worte „hoch verdient" und „Herr" – „wissen wir inzwischen, wie groß Ihr Anteil an diesem so wichtigen Unternehmen ist, übrigens auch der Anteil hier dieses wackeren Mannes selbst, der ebenfalls nicht vergessen werden sollte."

Was der Herr Christoph von Saldern jetzt geäußert hatte, war im Grunde nichts anderes als das Plädoyer des Verteidigers in einem Strafprozeß. Nur gab es im Augenblick weder einen Prozess noch war der Herr Christoph bislang befugt, als Verteidiger darin aufzutreten. Denn noch gab es nur einen geständigen Mörder im Keller des Gutshauses von Wulkow und vier höchst aufmerksame Zuhörer, die aber nicht recht wussten, wie es nun eigentlich weitergehen sollte.

„Ich schlage vor, wir beenden jetzt diese etwas ungewöhnliche Zusammenkunft hier im Keller", versuchte Christoph einen Weg zu weisen, wie sie nun weiter verfahren sollten. „Der Herr Vetter Gustav muss sich reisefertig machen, um dann mit uns in der Lichtenberger Kutsche zuerst nach Lichtenberg und danach nach Neuruppin zu fahren."

Der Jurist fügte noch einige Sätze hinzu, um dem Verwandten diesen schweren Weg zu erleichtern: „Ich biete mich an, Herr Vetter, Sie in dem Prozess, der Sie erwartet, zu verteidigen. Ich bin es zwar gewesen, der zuerst den Verdacht gegen Sie aufgebracht hat, der sich nun durch Ihr Geständnis leider bestätigt hat. Und mein Herr Vetter Albrecht und meine Kusine Charlotte vom Gut Lichtenberg haben dann zusammen mit mir die weiteren Beweise gesammelt, die dazu führen werden, dass Ihnen die Tat eindeutig nachgewiesen werden kann."

Christoph von Saldern machte eine kleine Pause, um sich zurechtzulegen, was er noch sagen wollte. Es schien ihm sehr wichtig. Er versuchte sich an das zu erinnern, was er noch unlängst auf der Universität über das Strafrecht in Preußen und über die uralte Unterscheidung zwischen Mord und Totschlag gelernt hatte, und über die mildernden Umstände, die dabei Berücksichtigung finden konnten.

So fügte er mit Betonung hinzu: „Aber ich kenne nun auch die Beweggründe, die Sie zu Ihrer Tat geführt haben. Die e n t s c h u l d i g e n Sie nicht: Sie haben einen Menschen getötet, aber sie e r k l ä r e n Ihr Handeln. Sie sind durch das Verhalten Ihres Verwandten und langjährigen Partners in Ihren gemeinsamen Forschungen, des Herrn Karl, in Ihrer Ehre als Mensch, als Forscher und Erfinder und auch als Angehöriger des Adelsstandes so sehr gekränkt worden, dass Sie reagieren mussten. Ich weiß nicht, wie ich selbst gehandelt hätte, wäre ich in Ihrer Lage gewesen. Der Zorn hat Sie angesichts der Beleidigung, die Sie neulich in der Kammer auf der Plattenburg von Ihrem Vetter erfahren hatten, so übermannt, dass Sie spontan und ohne nähere Überlegung zu der Waffe gegriffen haben, die wir Adligen üblicherweise bei uns haben: dem Kavaliersdegen. Das war kein feiger Mord, das war ein typischer Totschlag im Affekt, der ganz anders gesühnt werden muss als ein Mord."

Der Jurist machte eine kurze Pause und sagte dann: „Ich bin überzeugt, dass kein Richter in Preußen Sie wegen dieser Tat als Mörder und damit zur unvermeidlichen Hinrichtung verurteilen würde. Die mildernden Umstände und auch das Geständnis, das Sie soeben hier vor uns Zeugen abgelegt haben, werden sicher dazu führen, dass Sie mit einer zeitlich befristeten Gefängnisstrafe von nur wenigen Jahren zu rechnen haben werden. Und ich bin ziemlich sicher, dass Seine Majestät der König Sie insoweit begnadigen wird, dass er Ihre Strafe in eine Festungsstrafe [33] umwandeln wird. Ich würde mich selbst dafür einsetzen."

Damit wandte sich Christoph zur Tür und machte eine Bewegung, die den Hausherrn von Gut Wulkow und die übrigen Anwesenden aufforderte, den Keller zu verlassen.

2

Wieder herrschte für eine Zeit Schweigen im Kellerraum. Schließlich ließ sich Gustav von Saldern vernehmen, leise und irgendwie resigniert klingend. „Das ist's dann ja wohl gewesen". Müde schlurfte er an die Kellerwand zu einem alten Schrank. „Ich brauche hieraus etwas", murmelte er, „auf das ich nicht verzichten kann." Die drei Salderns und der Schmied sahen zu, wie er in einem Fach des Schranks kramte.

---

[33]   Gefängnis- und vor allem Zuchthausstrafen waren in Deutschland noch bis weit ins 19. Jahrhundert mit verschiedenen schweren und entehrenden Zusatzstrafen verbunden, wie Zwangsarbeit, Ketten und Prügelstrafen. Das Verbüßen einer Strafe in einer preußischen F e s t u n g bestand jedoch nur im Freiheitsentzug und galt nicht als entehrend. Sie wurde in Preußen vor allem auf straffällig gewordene Adlige angewendet.

Er brachte ein kleines Fläschchen daraus hervor, zog den gläsernen Stöpsel heraus und hielt die Flasche an seinen Mund, ehe die anderen begriffen, was soeben passierte.

Schon nach wenigen Sekunden begann er zu zittern, Schaum trat aus seinem Mund und seiner Nase, er schwankte und fiel zu Boden. Leutnant Albrecht kniete sich über ihn, fasste an seinen Hals und fühlte nach dem Puls. Als Soldat hatte er wohl gelernt, wie man so etwas im Ernstfall tun musste. Nach einer halben Minute blickte er zu den Anderen empor und schüttelte ernst den Kopf.

Endlich sagte er leise: „Er ist tot." Leise stand er auf und sagte schwer atmend: „Er hat sich selbst gerichtet, schwerer, als wohl ein weltlicher Richter über ihn geurteilt hätte. Vielleicht ist dieses Ende besser so, für ihn wie für uns."

\* \* \*

Von der Familie von Saldern ist noch zu berichten, dass der Sohn des Majoratsherrn der Plattenburg, der Referendarius Christoph Friedrich von Saldern, noch im Jahr 1799 bei seinem entfernten Vetter, dem Gutsherren auf Lichtenberg, Herrn Friedrich Adolf von Saldern, um die Hand seiner Tochter Charlotte anhielt.

Trotz des etwas schwierigen Geisteszustandes des Herrn auf Lichtenberg erhielt der Brautwerber die Zustimmung des Vaters und konnte ein knappes Jahr später die reizende Charlotte heiraten.

Im Jahr 1802 kam ein Stammhalter auf der Plattenburg auf die Welt, der nach dem Vater seiner Mutter und dem Großvater des Vaters die Namen Adolf Friedrich erhielt [34]. ,

Die Erfindung, aus Runkelrüben Zucker zu gewinnen – in Wahrheit vom Gutsherrn, Chemiker und Privatforscher Franz Karl Achard unter ganz ähnlichen Problemen in genau der gleichen Zeit entwickelt – gelangte bereits wenige Jahre später zu einer gewissen volkswirtschaftlichen Bedeutung.

Die nach dem verlorenen Krieg Preußens gegen Frankreich von 1806/07 vom Kaiser Napoleon verhängte „Kontinentalsperre" unterband (wenigstens theoretisch) jede weitere Einfuhr von Rohrzucker aus den britischen Inseln in der Karibik. Doch gab es immerhin in den Jahren 1809 – 1813 bereits eine

---

[34] Dieser Adolf Friedrich von Saldern ist eine historische Persönlichkeit; er starb erst 1862 als Majoratsherr auf der Plattenburg. Ein Jahr vorher konnte er noch den Stammsitz der Familie in erheblichem Umfang umbauen und modernisieren lassen.

gewisse beschränkte Produktion von Zucker aus Zuckerrüben in Preußen, und die Aussichten auf eine erhebliche Erweiterung der Rübenernte und Zuckerherstellung waren gut.

Der Siegeszug der neuen Erfindung war nicht mehr aufzuhalten.